トンネルの向こうに

マイケル・モーパーゴ 作
杉田七重 訳

トンネルの向こうに

装画／挿絵　坂本奈緒

もくじ

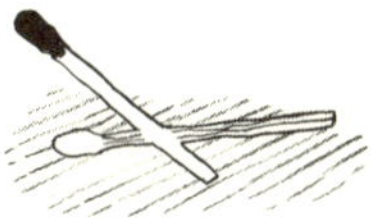

First published under the original title:
AN EAGLE IN THE SNOW

Published under licence from HarperCollins Chidren's Books.

This edition published by arrangement with HarperCollins Publishers Ltd, London
through Tuttle-Mori Agency, Inc.,Tokyo

第一部

十一時五十分発ロンドン行きの汽車

汽車はまだ駅にとまっている。いったいいつになったら出発するんだろう。母さんとのふたり旅。ぼくはたいくつしていた。ギプスで固められた腕《うで》が痛《いた》くて、むずがゆい。母さんはもう編《あ》み物《もの》を始めていて、編《あ》み棒《ぼう》をカチカチ鳴らしながらすいすい手を動かしている。腰《こし》をおろせば、決まって編《あ》み物《もの》だ。このときは父さんの靴下《くつした》を編《あ》んでいた。

「ずいぶん遅《おく》れてるわね」母さんが言った。「何かあったのかしら？　ホームの時計は十二時をとっくに過《す》ぎてるのに。まあ、このご時世じゃあ、おどろくこともないけど」

そこで母さんが思いがけないことを言った。

「ねえバーニー、もし母さんうっかり眠《ねむ》っちゃったら、スーツケースをしっかり見ててよ。うちの全財産《ぜんざいさん》が、網棚《あみだな》の上にあるんだから、盗《と》られないようにね」

ずいぶんとおかしなことを言うと思った。だってこの客車にはぼくたちふたり以外、だれも乗っていないんだから。そう思った矢先、ドアがひらいて男の人がひとり入ってきて、またすぐドアがぴしゃりと閉《し》まった。男の人はぼくらに声もかけない。というより、ぼくらがそこにすわっていることさえ気づいていないようだった。ぼうしを脱《ぬ》いで、それを網棚《あみだな》の上の母さんのスーツケースのとなりに置くと、その人はぼくらのむかいの席に腰《こし》をおろした。腕時計《うでどけい》をちらっと見たあとで、顔の前に新聞を広げる。しばらくして、鼻をかむために新聞をおろし、そこでぼくがじっと見ているのに気づいて、こくりとうなずいた。

何から何まできちんとしてる。ひと目見て、そう思った。靴《くつ》はぴかぴかだし、口ひげをきれいに切りそろえて、襟《えり》もネクタイもぴんとしてる。こういう人なら、母さんのスーツケースを盗《ぬす》んだりしないだろうと、すぐ安心した。それにその人には、どことなく見覚えがあって、前に会ったことがあるような気もした。いやたぶん会ってはいない。ただおじいちゃんと同じぐらいの年で、鋭《するど》い目つきもおじいちゃんそっくりだったから、そう思ったんだろう。

ただし、その人とちがって、うちのおじいちゃんはぜんぜんきちんとしていない。いつもボロを着ていて、残り少ない髪《かみ》の毛《け》もくしゃくしゃ。石炭を運ぶ仕事をしているから、手も顔も一年中真っ黒で、洗《あら》っても落ちない。この男の人は手も爪《つめ》も清潔《せいけつ》で、ほかの部分と同じように手入れが行きとどいていた。

「さて、ぼっちゃん、わたしの身だしなみは合格《ごうかく》かな」

男の人が言って、ぼくの顔をにらんだ。

母さんがぼくをつっつき、息子《むすこ》が失礼をしてごめんなさい、と男の人にあやまった。そして、ぼくにむきなおって言う。

「バーニー、何度言ったらわかるの。よその人をじろじろ見ちゃだめだって教えたでしょ。さあ、おじさんにきちんとあやまりなさい」

「心配いりませんよ、奥《おく》さん。男の子ってのは、そういうもんです。わたしだってこの子ぐらいの年にはそうでした。もうずいぶん昔になりますがね」

それからちょっと間を置いて、母さんに聞く。

「あの、奥《おく》さん、この汽車はロンドン行きですよね？　十一時五十分発の？」

第一部

十一時五十分発

ロンドン行きの汽車

「ええ、そのはずなんですけど」

そう言うと、母さんがまたぼくをつっついた。まだ男の人をじっと見ていたからだ。どうしても目が離《はな》せない。

まもなく車窓《しゃそう》の外を駅長さんが通りすぎていき、緑の旗を振《ふ》って笛を鳴らした。ほっぺたをぱんぱんにふくらませた顔がまんまるになって、ピンク色の風船みたいだった。いよいよ出発だ。汽車はシューシューと不満そうな音をもらしながら、しぶしぶという感じで、ゆっくり動きだした。

「やっと出るのね」と母さん。

「奥《おく》さん、ちょっと空気を入れかえても、かまいませんかね?」男の人が聞いた。「少しばかり風に当たりたくて」

「ええ」母さんが言った。「どうぞご自由に」

男の人は立ちあがると、窓枠《まどわく》からさがる革帯《かわおび》を穴《あな》ふたつ分だけずらして窓《まど》をあけ、それからまた座席《ざせき》に腰《こし》をおろした。このときもぼくと目が合って、今度はにこっと笑ってきた。それでぼくも笑いかえした。

「九歳《さい》くらい、かな?」男の人が言う。

ぼくの代わりに母さんが答えた。

「十歳《さい》です。年のわりにちょっと身体が小さくて。でもすぐに大きくなります。そうでなくちゃ困《こま》りますよ。山のように食べるんですから。いったい、どこに栄養がまわっているのやら」

おじいちゃんが畑で育てているペポカボチャのことを話すときと同じで、母さんはぼくのことになるとよくしゃべる。おじいちゃんと同じように、自慢《じまん》げで、うれしそうな口ぶりなので、そんなにいやじゃなかった。

いまでは汽車もスピードを上げ、やる気満々といった音を響《ひび》かせて本調子で走っている。ガタン……ゴトンガタン、ガタン……ゴトンガタン。この音がすごくいい。リズムも大好きだ。それからしばらくは、だれも何も言わなかった。男の人はまた新聞を読みだし、ぼくは窓《まど》の外に目をむけた。爆弾《ばくだん》で破壊《はかい》された街並《まちな》みがつぎつぎと現《あらわ》れてはうしろへ流れていく。景色を見ながら、おじいちゃんのカボチャと市民農園の納屋《なや》を思《おも》い浮《う》かべた。

＊＊＊

あの二日前の空襲《くうしゅう》で、カボチャも納屋《なや》も粉々になってしまった。おじいちゃんはつったって、爆弾《ばくだん》の落ちた穴《あな》を見おろしていた。そこにはもともとおじいちゃんが野菜を育てていた畑があって、きれいにうねが立てられて、キャベツやネギやカブがずらりと植わっていた。おじいちゃんの身のまわりでただひとつ、きちんとしていたのが畑で、畑はおじいちゃんの生きがいだった。

「またつくってやるぞ、バーニー」そう言うおじいちゃんの目には怒《いか》りがこもっていた。「見てろよ。ニンジンもタマネギもジャガイモも、ちゃんと収穫《しゅうかく》するからな。こんなひどいことをするやつらに、負けてたまるか」

おじいちゃんは手の甲《こう》で涙《なみだ》をふきとった。それでも涙《なみだ》はとめどなくあふれてきた。

「なあ、バーニー」おじいちゃんは続けた。「おかしなもんだ。この前の戦争のとき、じいちゃんはずっと塹壕《ざんごう》にかくれながら、敵《てき》とむかいあって戦っていたが、そのあいだ一度だって、やつらが憎《にく》いと思ったことはなかった。相手はドイツ兵というだけで、こっちと同じように母国のために戦っているんだと、そう思っていた。だがいまはちがう。

コベントリーを――わしの土地を、わしの町を、わしの仲間を、めちゃくちゃにしやがって。憎《にく》い、やつらが憎《にく》い。わしの畑をこんな目にあわせて、憎《にく》くて憎《にく》くてたまらない。やつらにこんなことをする権利《けんり》なんてないんだ」

言ったあとで、おじいちゃんはぼくの手を取って、しっかりにぎった。ぼくがかっとなると、おじいちゃんはしょっちゅう手をにぎってくれる。でもこのときは、おじいちゃんのほうがかっかしていたから、ぼくがおじいちゃんの手を強くにぎってなぐさめた。それでも、おじいちゃんの愛馬、ビッグ・ブラック・ジャックのこととなると、もうなぐさめようがなかった。

空襲《くうしゅう》になって、ぼくらはひと晩《ばん》じゅうマルベリー・ロードにある防空壕《ぼうくうごう》で身をよせあっていた。つぎに落ちてくる爆弾《ばくだん》でやられると、みんなわかっていた。もう耳をふさいでいようと思うのに、それができない。爆弾《ばくだん》が落ちる音がするたびに、これで終わりだ、助かったと自分に言い聞かせる。でも終わりにはならなかった。ぼくと母さんは岩にしがみつくようにおじいちゃんにしがみつき、おじいちゃんはぼくらに腕《うで》をまわして力いっぱい抱《だ》きしめていた。まわりであがる、うめき声や泣き声や悲鳴に負けないよう、おじいちゃんはしわがれ声をせいいっぱい張《は》りあげて歌を歌った。爆弾《ばくだん》がすぐ近くに落ちて、地響《じひび》きがして、防空壕《ぼうくうごう》のなかにもうもうと土ぼこりが上がると、おじいちゃんはいっそう大声を張《は》りあげて歌い続けた。

ようやく警報解除《けいほうかいじょ》のサイレンが鳴って、おそろしい時間が終わると、ぼくらは防空壕《ぼうくうごう》から外に出ていった——どれだけ長いこと地下にもぐっていたのかわからない——外は見わたすかぎり瓦礫《がれき》と廃墟《はいきょ》で、まだそこらじゅうで火がぶすぶすくすぶって熱をまきちらしていた。変わりはてたマルベリー・ロードには、つんと鼻を刺《さ》す煙《けむり》が霧《きり》のように立ちこめていて、目の前も頭の上ももやっていた。息をするのも苦しく、空も見えない。

万にひとつの望みをつないで、ぼくらは家路をたどった。でもマルベリー・ロードのつきあたりにあるはずの家はなくなっていた。ぼくらは帰る場所がなくなった。けれど、なくなったのはぼくらの家だけではなかった。通り全体があとかたもなく、ぽっかり消えていた。残っているのは街灯の柱だけ。わが家の脇《わき》に立っていて、夜になると、ぼくの部屋の窓《まど》を明るく照らしてくれていた街灯だった。

友だちや近所の人たちがいて、警察官《けいさつかん》がひとりと、防空警備員《ぼうくうけいびいん》がひとりいた。みな瓦《が》礫《れき》の山にはいあがって、さがし物をしている。まだ使えるものがあるかもしれないから、ここに残ってさがすと母さんが言い、この子は連れていってくださいと、おじいちゃんにたのんだ。母さんはすっかりうろたえて涙《なみだ》を流している。そういうところを子どもに見せたくないのだと、ぼくにもわかった。だけどぼくだって汽車のセットをさがしたい。あの瓦礫《がれき》の山のずっと下にあるはずだった。クリスマスに買ってもらった赤いロンドンバスや、子ども部屋の棚《たな》にずらりと並《なら》べておいたブリキの兵隊や、ブリドリングトンの浜辺《はまべ》で拾ってきて大事に取っておいた貝がらも。

それで瓦礫《がれき》の山へ駆《か》けあがって、四つんばいになってさがしはじめた。きっとある。必ず見つかる。なんとしてでもさがすつもりだった。それなのに防空警《ぼうくうけい》備員《びいん》が腕《うで》をつかみ、ひきもどそうとする。ぼくが言うことを聞かないと、しまいに抱《だ》いて母さんのところへ連れていった。

「バスがあるんだよ」ぼくは泣きながら言った。「兵隊とか、大事なものが」

「バーニー、ここは危《あぶ》ないの」母さんはぼくの両肩《りょうかた》をゆさぶって、しっかり言い聞かせる。「だから、おじいちゃんと行きなさい。お願いだから、言うことを聞いてちょうだ

36
sakamotonao.

い。母さんができるかぎり見つけると約束するから」

それでおじいちゃんはぼくを畑に連れていった。畑が無事かどうか確認《かくにん》するだけだと、おじいちゃんはそう言ったけれど、ほんとうは、ぼくをあの場から遠ざけたいだけなのだとわかっていた。母さんは泣いている人が大勢《おおぜい》いるなかに、ぼくを置いておきたくないのだ。

マッキンタイアさんの奥《おく》さんが店の前の舗道《ほどう》にすわっていた。ストッキングがびりびりに破《やぶ》けていて、脚《あし》から血が流れていた。何もない宙《ちゅう》をじっとにらんで、十字架《じゅうじか》のついたロザリオのビーズをいじり、くちびるだけ動かして祈《いの》りを捧《ささ》げている。どこかに、だんなさんがいるはずなのに、だれも見つけることができなかった。

畑からそう遠くないところに、おじいちゃんがビッグ・ブラック・ジャックをつないでいる野原がある。ビッグ・ブラック・ジャックは荷車を引く馬だが、おばあちゃんが亡《な》くなってからは、ずっとおじいちゃんの心の友でもあった――それを言うなら、ぼくの心の友でもある。おじいちゃんはビッグ・ブラック・ジャックと朝から晩《ばん》まで毎日働いた。市内をくまなくまわって、石炭を配達するのがふたりの仕事だった。ぼくもときどき学校が終わったあとに手伝うのだけれど、石炭袋《ぶくろ》は運べない——重すぎるのだ。ぼくの仕事はおじいちゃんの代わりにからになった麻袋《あさぶくろ》をたたんで荷馬車の後部座席《ざせき》にきちんと積んでおくことと、ビッグ・ブラック・ジャックの餌袋《えさぶくろ》にトウモロコシをつねに補充《ほじゅう》して十分に水を飲ませることだ。だからビッグ・ブラック・ジャックとぼくは、最高のコンビだった。

見たところ、何も変わっていないような気がした。ガタのきた古い納屋《なや》は倒《たお》れていなかったし、ドアのそばに置いたバケツにも水が満杯《まんぱい》になっていた。干《ほ》し草《くさ》を入れる網《あみ》はからになっていて、天井《てんじょう》からだらんとさがっている。なのに、ビッグ・ブラック・ジャックだけが、どこにもいない。

まもなく、柵《さく》が壊《こわ》れているのに気づいた。逃《に》げたんだ——無理もない。あれだけ激《はげ》しい爆撃《ばくげき》があったんだから。

「きっとどこかへ逃《に》げたんだろう」とおじいちゃんが言う。「無事だよ。馬は自分のめんどうをちゃんと見られるからな。前にも同じことがあった。もどってくるよ。いつものように、どうにか道をさがしてね」

そうは言うものの、おじいちゃんは自分に言い聞かせているだけだとぼくにはわかった。ほんとうにそうであればいいと願いながら、おじいちゃんは最悪の事態《じたい》も予測《よそく》している。

2

それからすぐ、ビッグ・ブラック・ジャックが見つかった。森のはずれの草の上に、ぐったり伸《の》びて横たわっていた。木立のあいだから見える大きな穴。爆弾《ばくだん》が落ちてできたクレーターだった。爆風《ばくふう》でまわりの木がなぎたおされ、黒こげになっている。ビッグ・ブラック・ジャックはおそろしいほど静かに横たわっていた。どこにも傷《きず》らしいものはない。ぼくは大きく見ひらかれた目をのぞきこんだ。おじいちゃんは、馬の大きな頭のかたわらにひざをついて、首に手をふれた。

「冷たい。冷え切っている。かわいそうに。かわいそうに」

おじいちゃんは声に出《だ》さずに泣き、全身を細かくふるわせていた。

＊＊＊

ぼくはそのとき泣かなかったけれど、いま汽車のなかで思いだして、泣きそうになっている。ビッグ・ブラック・ジャックのあの優《やさ》しい目。もう一度息をしてよ、お願いだから起きてよと、どれだけ願ったことだろう。思いだしたら、胸《むね》に涙《なみだ》がもりあがってきた。

「ぼっちゃん、大丈夫《だいじょうぶ》かい？」

むかいにすわるおじさんが身をのりだしてきて、ぼくに聞いた。また母さんが代わりに答えたのだけれど、今度はそうしてもらってほっとした。涙《なみだ》が口のなかにまであふれてきて、しゃべりたくてもしゃべれなかった。

「じつは空襲《くうしゅう》で焼けだされまして」母さんが説明する。「それでちょっとショックを受けているんです」

「それに腕《うで》もけがしている」おじさんが言った。「どうしたんです？」

「サッカーです」母さんが言った。「まったくこの子は夢中《むちゅう》で。そうよね、バーニー？」

ぼくはうなずいた。それだけでせいいっぱいだった。

「家を失いました」母さんが続ける。「マルベリー・ロードにあったんですけど。何もかもなくなってしまいました。でもそれはうちだけじゃありません。わたしたちはまだ運がよかった。こうしていまも生きているんですから」

母さんはぼくの手に自分の手をのせた。

「腕《うで》を痛《いた》めたぐらい、なんだって言うんです。ほかにもっと大変な……。だから不平なんかこぼしちゃいけませんよね？　ぐちを言っても始まらない。幸運の星に感謝《かんしゃ》するしかありません。妹がコーンウォールの海辺に暮《く》らしてるんで、そこにやっかいになろうと思ってるんです。そうよね、バーニー？　メヴァギシーという町で。あそこはいいところです。爆弾《ばくだん》も落ちてこない。海と砂《すな》と明るい日ざし――それに魚もたくさん泳いでいる。うちはみなフィッシュアンドチップスが好きで。そうよね、バーニー？　それにメイヴィス叔母《おば》さんのことも好きよね？」

まあ好きだと言ってもよかった。でもまだぼくはしゃべることができなかった。

それからしばらく母さんはだまり、汽車はゆれながらガタゴト走り、はきだす煙《けむり》が窓《まど》の外を飛ぶように流れていった。汽車のリズムが変わり、どんどん速くなっていく。シュッポ、シュッポ、シュッシュッ、ポッポ、シュッポ、シュッポ。

「大聖堂《だいせいどう》にまで爆弾《ばくだん》を落としたんですよ」母さんが言う。「あとにはほとんど何も残らなかった。昔ながらの美しい景色も破壊《はかい》されて。あの立派《りっぱ》な尖塔《せんとう》は、何キロも離《はな》れたところからでもながめられたんですよ。いったいなんのために、そんなことをするんです？　許せない。ひどすぎます」

「まったくです」男の人が言う。「じつはたまたまですが、わたしも、マルベリー・ロードを知っているんです。生まれ故郷《こきょう》みたいなもんです。ちょっとワケアリなんですがね。やつらがやったことをこの目で見ましたよ。空襲《くうしゅう》のあと、そこにいたんです。空襲《くうしゅう》を受けた家から、住人をひっぱりだすためにね。民間防衛隊《ぼうえいたい》の防空警備員《ぼうくうけいびいん》。それがわたしの仕事です」

男の人は先を続ける。いまではもう自分の世界に入ってしまっているみたいで、あれこれ思いだしながら、ひとりごとを声に出《だ》しているような感じだった。

「民間防衛隊《ぼうえいたい》の一員として、火災《かさい》を監視《かんし》し、火と戦う。しかし爆弾《ばくだん》が落ちたあとの強風にあおられて、ごうごうと燃《も》えさかる炎《ほのお》を相手に、どうやって戦うことができる？　あれは地獄《じごく》の業火《ごうか》と同じだ。そんなところにいても、なんの役にも立たない。そうじゃありませんか？」

どこでこの人に会ったのか、それで思いだした。瓦礫《がれき》のところにいた防空警備員《ぼうくうけいびいん》だ。この人がぼくを抱《だ》きあげて瓦礫《がれき》の山からおろしたのだ。制服《せいふく》を脱《ぬ》いでヘルメットもかぶっていないと別人のようだった。でもあの人だ。まちがいない。こちらを強いまなざしで見つめていたおじさんがまゆをよせた。むこうもぼくに気がついたようだった。

「でも最善《さいぜん》をつくしたんですから」

母さんが言った。編《あ》み物《もの》に集中していて、心はそっちに行っている。

「できることと言ったら、それしかないじゃありませんか？　バーニーの父親も陸軍に入って海外にいるんです。英国陸軍工兵隊にね。あの人も最善《さいぜん》をつくしています。この子のおじいちゃんと同じように。ひとりでコベントリーに残っているんです。以前と変わりなく、やっていくって。この子の祖父《そふ》は石炭運搬人《うんぱんにん》なんです。家のなかは暖《あたた》かくしておかなくちゃならない。ストーブに火を入れる必要がある。お客さんたちをがっかりさせちゃいけないって言うのが口癖《くちぐせ》で。それでわたしは言うんです。『でも家なんて、ほとんど残っちゃいませんよ』ってね。するとこう言われました。『だったら、また建てなくちゃならない、そうだろ？』それでいま、この子の祖父《そふ》はそこに残って、自分にできるせいいっぱいのことをしようというわけです。わたしも同じことを思っています。それ以上のことはどうしようもない。自分が正しいと思うことをしていれば、そんなに悪いことにはなりません。最善《さいぜん》をつくすしかない。わたしは子どもにいつもそう言っています。そうよね、バーニー？」

「うん、そうだよ」

ようやく声が出てきた。実際《じっさい》そのとおりで、母さんはいつもそう言っていた。学校でも、ほとんど毎日のように先生たちから同じことを言われた。

「ところが、そう簡単にはいかないときもある」男の人がよく考えるような口調でゆっくり言う。「最善《さいぜん》をつくしたつもりが、じつはあまかったということもある。当時はそれが正しいと思えたのに、まちがっていたっていうね」

それだけ言うと、もう話はすんだというように、男の人は座席《ざせき》に背《せ》をもたせかけた。

母さんはこの人に一度会っていることに気づいていないようだった。教えてやりたかったけれど、本人がいる前でそれはできない。男の人はぼくたちから顔をそむけて窓《まど》の外をながめ、しばらくだれもしゃべらなかった。

汽車は大好きだ。シューシュー言いながら煙《けむり》をはくところも、ガタゴトゆれるリズムも、ホーホーいう警笛《けいてき》も、全部好き。トンネルのなかへ勢《いきお》いよく飛びこんでいって、吸《す》いこまれそうに深い闇《やみ》のなかに落ちたかと思うと、いきなりまぶしい日ざしの下にまた出ていく。野原を馬が駆《か》けまわり、草の上に点々と散らばる羊やカラスが見えてくる。駅も大好きだ。人々でにぎわい、ドアが勢《いきお》いよく閉《し》まり、制帽《せいぼう》をかぶった駅長さんが旗を振《ふ》り、汽車が息をしながら警笛《けいてき》を待っている。そうしてついに警笛《けいてき》が鳴ると、シュッシュッシュッと動きだす。

この前父さんが休暇《きゅうか》で帰ってきたときに、大きくなったら汽車の運転手になるんだとぼくは話した。父さんはエンジンをいじるのが大好きだった。発電機でも、オートバイでも、車でも、なんでもかんでも直してしまう。それだから、ぼくが汽車の運転手になるのは父さんもうれしいんだ。ぼくにはわかる。蒸気《じょうき》機関車は人間がこれまでつくった機械のなかで最も美しいものだと父さんは言った。

　この日も汽車に乗っていたから平気でいられた。そうでなかったら、防空壕《ぼうくうごう》で過《す》ごしたおそろしい夜や、その翌日《よくじつ》に目にした、ぞっとする光景に苦しめられていたかもしれない。家も生活もめちゃめちゃにされて、舗道《ほどう》にすわってロザリオのビーズをいじっていたマッキンタイアさん。瓦礫《がれき》になったぼくらの家と、ビッグ・ブラック・ジャックの前でひざをついていたおじいちゃん。でも、リズミカルな汽車のゆれにゆられていると、なぜか心が落ちついてきて、眠《ねむ》たくなってもきた。

　となりで母さんはおしゃべりをやめて眠《ねむ》りこけていた。こっくりこっくり舟《ふね》をこいでいて、がくんとたらした頭が、いまにも首からもげて落っこちそうだ。まだ両手に編《あ》み棒《ぼう》を持って、ひざの上に毛糸玉が置いてある。父さんの靴下《くつした》の片方《かたほう》が、半分ほど編《あ》みあがっていた。

　となると、むかいにすわる知らないおじさんの相手をするのはぼくしかいない。といっても、いまはもう、まったく知らない人ではないとわかっている。おじさんはときどきぼくのほうをちらちらと見て、何か聞きたい様子だったけど、結局思い直してやめてしまう。それでもしまいに、ぼくのほうへ身をのりだして、小さな声で聞いてきた。

「空襲《くうしゅう》のあと、おじさんが瓦礫《がれき》の山からおろしたのはきみだね？　マルベリー・ロードで？」

ぼくはうなずいた。

「だと思った。それじゃあ、マルベリー・ロードの兄弟分ってわけだ。おじさんは顔を忘《わす》れないんだ。きみを抱《だ》きあげながら、自分がきみと同じ年ぐらいだったときのことを思いだしたよ。おじさんも、ちっちゃなときに腕《うで》を骨折《こっせつ》してね。サッカーじゃないよ――自転車から落っこちたんだ。また会えてよかった。子どものころのわたしにうりふたつだ」

そこでぼくににっこり笑いかけ、うんうんとうなずいている。

「きみのお父さんはどこ？　いまどこで戦っているんだい？　陸軍はどこにお父さんを送りだした？」

「アフリカ」ぼくは言った。「砂漠《さばく》です。父さんは戦車のめんどうを見て、きちんと動くようにするのが仕事で、壊《こわ》れれば修理《しゅうり》もするそうです。どんなすきまにも砂《すな》が入りこむって言ってました。それに暑くて、ハエがたくさんいるって」

「ほんとうならそこにおじさんもいたんだよ」男の人が言う。「陸軍の一員として南アフリカにいた。ずっと昔にね。だからきみのお父さんと同じように、いまごろ戦っているべきなんだ。だが軍隊が入れてくれない。足が不自由だから」

そう言って、ひざをぽんとたたいた。

「この前の戦争でやっちまってね。まだどこかに榴散弾《りゅうさんだん》の破片《はへん》が残っている。それがなくても、年を取りすぎてるからだめだってさ。四十五だよ？ どこが年寄《としよ》りなんだ？ 冗談《じょうだん》はやめてくれって言いたいよ。それで何をするでもなく家でじっとしているはめになった。民間防衛隊《ぼうえいたい》の防空警備員《ぼうくうけいびいん》にはなったものの、それがせいいっぱい。あっちへ行き、こっちへ行きしてホイッスルを鳴らし、灯火管制《とうかかんせい》のなか、みんなにカーテンを閉《し》めるように言ってまわる。ほんとうは戦場で戦うべきなのにね。連中に言ってやったよ――ほかのだれよりも、このわたしが戦場で戦うべきなんだって。自分の役割《やくわり》を果たす。きみのお父さんのようにね。まだ老いぼれちゃいないさ。多少は走りまわれる。立ちあがって戦える、そうだろう？」

言いながら、おじさんのくちびるはふるえていた。自分を抑《おさ》えようと必死になっているのがわかって、なんだかちょっとこわくなった。

「ところが連中は聞く耳を持たない」おじさんは続ける。「家にいろと、そう言うんだ。おまえはこの前の戦争で自分の役目を果たした。勲章《くんしょう》がそれを証明《しょうめい》しているってね」

そこでおじさんは、ぼくから顔をそむけて首を横に振《ふ》った。「勲章《くんしょう》なんてものには、なんの意味もない。どうしてそれがわからない？　はっきりしているじゃないか」

それで話は終わったのかと思ったら、そうではなかった。

「まあでも、言うとおりにしたよ。それしかないだろ？　だが民間防衛隊《ぼうえいたい》に何ができる？　爆弾《ばくだん》が雨あられと降《ふ》ってきて、家も学校も病院も粉々になって、そこらじゅうで人が死んでいる。それも何百という数で。きみと同い年ぐらいの男の子や赤《あか》ん坊《ぼう》まで殺された。くずれた家屋のなかから、何十人とひっぱりだしたが、たいていもう死んでいた。そんな仕事に、なんの意味がある？　戦わなきゃだめなんだ。銃《じゅう》をむけて空にいる敵《てき》を撃《う》ち落《お》とす。こっちも飛行機を飛ばして、敵《てき》を撃《う》ち落《お》とさなきゃだめなんだ。敵《てき》は何百という爆撃機《ばくげきき》を送りだし、町を丸ごと焼いていく。そんななか、自分にできるのは、通りを駆《か》けまわってホイッスルを鳴らし、人々をひっぱりだすだけ……」

そこで男の人は口をつぐんだ。気持ちが高ぶりすぎて、それ以上続けられないようだった。

何を言えばいいのかわからなかったので、ぼくはだまって窓《まど》の外を見た。汽車は音を立てながら田園風景のなかを走っていき、電柱がうしろへびゅんびゅん飛んでいく。百本まで数えたところで、飽《あ》きてきた。そのうち窓《まど》ガラスで雨粒《あまつぶ》が追いかけっこをしはじめた。空を見上げたら、雨雲が広がっていた。汽車のはきだす煙《けむり》が空へのぼっていって雲に合流する。雲はほえるライオンのような形になったかと思えば、つぎはイギリスの地図みたいな形になり、しまいに片目《かため》の巨人《きょじん》の顔になった。その目は真っ黒で、動いていた。しばらくして、巨人《きょじん》の目は飛行機だったと気づいた。何が起きているのか、状況《じょうきょう》がわかってきたときには、もう雲は巨人《きょじん》の顔には見えず、ただの雲にもどっていた。その雲のなかから飛行機が飛びだしてきた。

その瞬間《しゅんかん》、ぼくの目に刺《さ》すような痛《いた》みが走った。あいた窓《まど》から飛びこんできた砂《すな》だとすぐにわかった。鋭《するど》い粒《つぶ》が、眼球《がんきゅう》にじかに感じられる。どれだけ手でこすっても、まばたきしても、出ていかない。どんなにがんばってもだめだった。目のすみの、どこか深いところにつっかかってしまったらしい。いじればいじるほど奥《おく》へ入ってしまうようで、痛《いた》みが増《ま》してくる。

するとむかいにすわっているおじさんが身をのりだしてきた。ぼくの手をつかんで、目元からそっとはずす。

「いじらないほうがいい」おじさんが言う。「取ってあげよう。いい子だから、じっとしているんだぞ。こうやって頭をそらして」

おじさんはぼくの肩《かた》をつかみ、動かないように固定する。それから親指で、ぼくのまぶたをこじあけにかかった。身を引かずにじっとしているのは難《むずか》しく、顔をしかめて、ついまばたきをしてしまいそうになる。おじさんの手にしたハンカチの角が眼球《がんきゅう》に当たるのがわかった。そうなるともう我慢《がまん》できず、まばたきをしてしまった。気がついたときには、終わっていた。おじさんはぼくから身を離《はな》し、ハンカチについた黒い砂粒《すなつぶ》を勝《か》ち誇《ほこ》ったように見せる。

「ほらね？　入ったものは必ず出てくる」おじさんが言う。「もう大丈夫《だいじょうぶ》だ」

まばたきをしてみると、おじさんの言うとおりだった。もう何も入っていない。そのあとも、ほんとうに大丈夫《だいじょうぶ》かどうか確《たし》かめるために、ぼくは何度も何度もまばたきをした。

まばたきしながら窓《まど》の外をながめていると、しばらくして雲のあいだからまた飛行機が現《あらわ》れた。今度はずっと低い空を飛んでいて、ずいぶん近い。戦闘機《せんとうき》だ！　こちらをまっすぐ目指して飛んでくる！

「スピットファイアだ！」ぼくは叫《さけ》び、窓《まど》を指でたたいた。

「見て！　見て！」と言うと、母さんもすぐ目を覚まし、三人そろって窓《まど》の外をまじまじと見た。

「あれはスピットファイアじゃない」おじさんが言う。「いまいましいメッサーシュミットＢｆ１０９。ドイツの戦闘機《せんとうき》だ。こっちへつっこんでくるぞ。窓《まど》から離《はな》れろ！　早く！」

3

おじさんはぼくと母さんにつかみかかって客車の床《ゆか》に身を伏《ふ》せさせた。ふいに頭上で銃声《じゅうせい》がとどろく。ガラスの砕《くだ》ける音、悲鳴、警笛《けいてき》。汽車は猛烈《もうれつ》にスピードを上げている。何が起きているのか窓《まど》の外を見たくてたまらず、ぼくはひざ立ちになった。すぐおじさんにひっぱりおろされて押《お》さえつけられた。

「またもどってくる。動くんじゃない、わかったな！」

おじさんは、いまでは母さんとぼくを抱《だ》きしめ、ふたつの頭に手をのせて守っている。おじさんの言うとおりだった。戦闘機《せんとうき》はすぐにもどってきて、ふたたび攻撃《こうげき》を開始した。爆弾《ばくだん》が爆発《ばくはつ》した。ダダダダダダと機銃掃射《きじゅうそうしゃ》の音が響《ひび》き、戦闘機《せんとうき》のエンジン音と風を切る音が頭上をかすめていく。そのあいだずっと汽車はひた走り、どんどん加速していく。

と、ふいにトンネルの暗闇《くらやみ》に飛びこみ、けたたましいブレーキ音を響《ひび》かせた。金属《きんぞく》と金属《きんぞく》がこすれる耐《た》えがたい音で耳が痛《いた》い。

気がつくと、ぼくらはひとかたまりになって投げだされ、身体半分を座席《ざせき》の上に、もう半分を座席《ざせき》の下にたたきつけられていた。甲高《かんだか》いブレーキの音は永遠《えいえん》に鳴りやまないように思え、そのあいだずっとおじさんは、ぼくらを力いっぱい抱《だ》きしめている。

やがてとうとう汽車がとまった。ふるえてシューシュー音をたてる汽車のなかで、ぼくらは互《たが》いの体にしがみついて闇《やみ》のなかに横たわっていた。汽車といっしょに、みんなではあはあ息をしながら呼吸《こきゅう》をととのえようとしているかのようだった。車内には黒々とした闇《やみ》がたちこめ、まったく何も見えない。

「ぼく、トンネルはきらいだ」弱虫だと思われたくなくて、きっぱり言った。「いつまでここにとまってるの？　ねえ、母さん」

「ぼっちゃん、いまのところは、ここにいるのが一番いいんだよ」おじさんがぼくに言う。「ここならまちがいなく安全だからね。汽車の運転手によっぽど感謝《かんしゃ》しないといけない。できるだけ長くここに停車しているつもりだろう。心配はいらないよ」

そう言って、ぼくに手を貸《か》して立たせ、座席《ざせき》にすわらせた。母さんが胴《どう》に腕《うで》をまわしてくる。ぼくの気持ちがわかるんだろう。心配なのはドイツの戦闘機《せんとうき》でも、機銃掃射《きじゅうそうしゃ》でもない——あれはわくわくした。それよりも真《ま》っ暗闇《くらやみ》がおそろしい。分厚《ぶあつ》い壁《かべ》みたいな闇《やみ》に、いまにも押《お》しつぶされそうな気がする。母さんはそれをわかっている。

だから夜は部屋の外の明かりをつけておく。窓《まど》から街灯の光が入ってくるけれど、それだけじゃ足りなかった。いまはものすごく恐《おそ》ろしくて、泣きだしそうになっている。のどにせりあがってくる泣き声を飲み下すものの、とまらないしゃっくりみたいに、またすぐあがってくる。

「暗いのがだめなんです」母さんが説明する。「バーニーは昔から」

「わたしだってそうですよ」おじさんが言った。

それからふいに、闇《やみ》のなかで小さな光がゆらめき、それがオレンジ色の炎《ほのお》に変わった。光のなかにおじさんのにっこり笑う顔が浮《う》かびあがり、車内全体が明るくなった。

「パイプを吸《す》ってもいいですか?」おじさんが言う。「こうやっていつもマッチ箱を手近に持っているんです。スワンベスタス。白鳥のマッチ棒《ぼう》っていう意味でね、ほらこのとおり、箱に白鳥の絵が描《か》いてある」

おじさんはそれをぼくに見せる。おじさんが箱を振《ふ》ると、なかでマッチ棒《ぼう》がシャカシャカいった。

「聞こえるかい？　これはいいマッチでね、火が長持ちする」

ぼくののど元にせりあがっていた恐怖《きょうふ》がみるみる小さくなっていった。また大きくなるとわかってはいたけれど、とりあえずマッチの火が続くかぎり大丈夫《だいじょうぶ》だと安心した。

「ただね、ぼっちゃん」おじさんが先を続ける。「ここにいる時間は長くなりそうなんだ。もしわたしが汽車の運転手だったら、ここでじっとして動かない。あの戦闘機《せんとうき》――おそらく二機だと思うが、もっといたかもしれないな――が、確実《かくじつ》にいなくなったとわかるまでね。やつらは、この汽車がトンネルに入ったのを見ていたわけだろ？　だったら、出てくるのを近くで待《ま》ち伏《ぶ》せしているはずだ。さっきも言ったように、入ったものは必ず出てくる。それを知っているんだよ」

おじさんはそう言うと、顔をぼくに近づけてきた。

「バーニー、問題は、マッチのもつ時間にはかぎりがあるということだ。たとえこの、

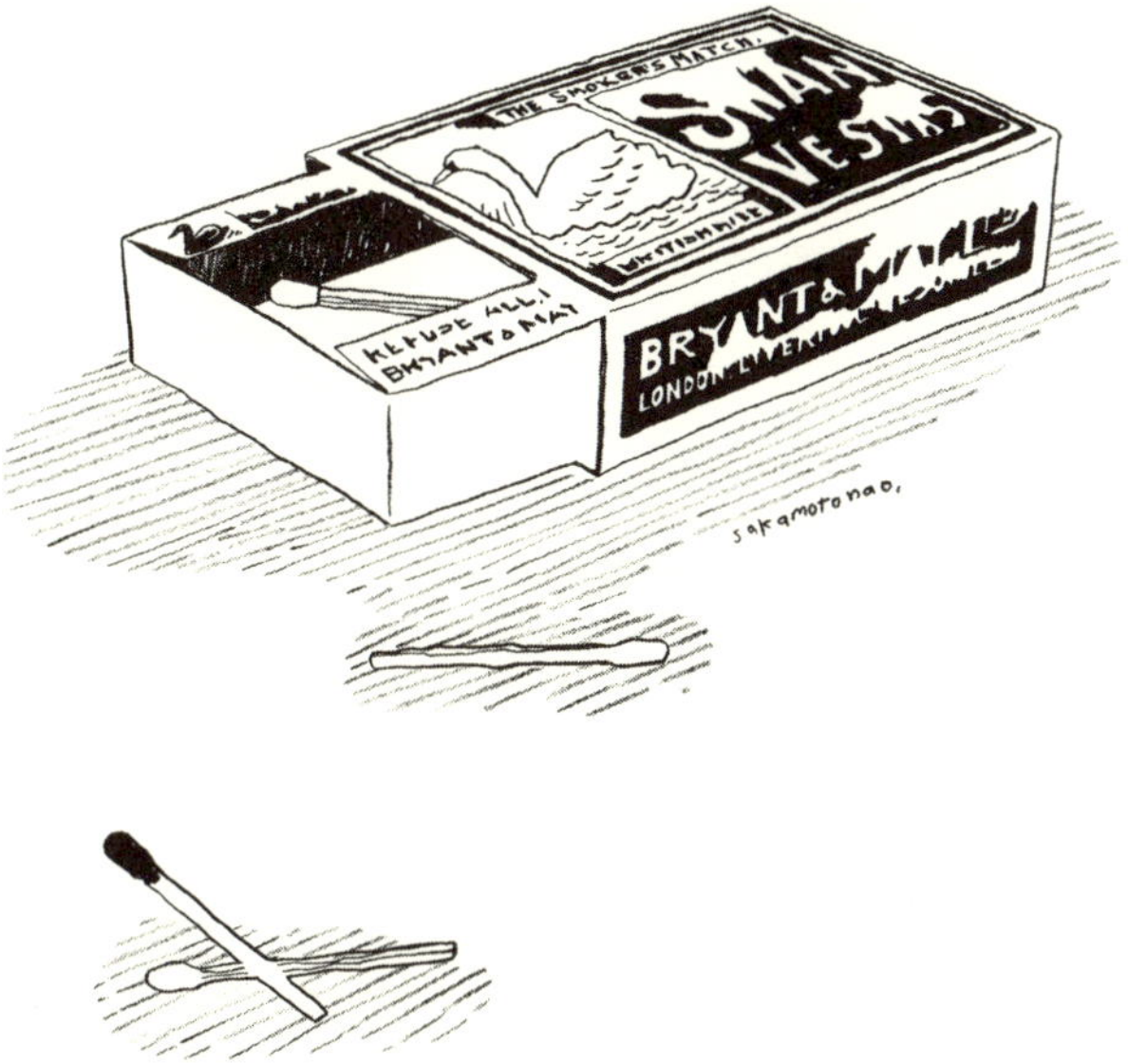
THE SMOKERS MATCH.
BRYANT&
sakamotonao.

たいていのマッチよりずっと長くもつと言われているスワンベスタスのマッチでもね。だから、ちょっぴり節約をしないといけない。残りはあと…一、二、三、四本だ——この一本をのぞいて。で、こいつもそろそろ終わりだ、わかるだろ？　吹《ふ》き消《け》さないと指が燃《も》えちまう。だが、きみがまたつけてくれと言えば、すぐつけてやれる。簡単《かんたん》だ。でも大丈夫《だいじょうぶ》だよな？　なぜって、きみのお母さんがそばにいるし、おじさんもいる。つまりひとりぼっちじゃないってことだ。闇《やみ》がやっかいなのは、そこだよ。ひとりぼっちのような気がする。だが実際《じっさい》はそうじゃない、わかったね？」

「うん、なんとなく」ぼくは言った。

おじさんはぼくの目をじっとのぞきこんでいる。まるで、そのまなざしと笑顔《えがお》を通じて、ぼくに勇気を吹《ふ》きこんでくれているようだった。それからおじさんはマッチを吹《ふ》き消《け》した。ふいに闇《やみ》がもどってきた。いやだなと思ったけど、なぜかそれほど気にはならない。またこわくなると思っていたのにそうでもなかった。

「バーニーは強い子なのよね。ほらこのとおり」母さんが言う。

「ええ、奥《おく》さん。たいしたもんです。おっと、窓《まど》を閉《し》めたほうがいいな」

おじさんが言った。立ちあがって窓《まど》を持ちあげるのがわかる。

「車内に煙《けむり》が充満《じゅうまん》するといけない。トンネルのなかはいまにすぐ煙《けむり》だらけになりますからね」

「ただ、暑くてむっとするでしょうね」母さんが言う。「でも、おっしゃるとおり、煙《けむり》だらけになるよりはましだわ」

ぼくらはそれからしばらく闇《やみ》のなかにすわっていて、だれも何もしゃべらなかった。やがておじさんが口をひらいた。

「どうにかして時間をつぶさないといけないな。このあいだの戦争でも、塹壕《ざんごう》にいる兵士は時間つぶしの方法を考えた。戦争っていうのは、待って待って、待つことの連続だ。これから起きることを待つんだが、もちろん起きないほうがいい。つねに最悪の事態《じたい》を考えて待つ。敵《てき》から身をかくせるよう地面に掘《ほ》った塹壕《ざんごう》のなかでしゃがみこみ、つぎにいつ高速度砲《ほう》が飛んでくるかと、ばかみたいにおびえて待つ。この高速度砲《ほう》ってのがものすごくて、飛んでくる音と爆発音《ばくはつおん》とがほとんど同時なもんだから、『ヒュー・ズドン！』と呼《よ》ばれていた。兵士たちはいつでも戦えるよう、毎日早朝から『待機』している。そういう時間帯にドイツ兵が攻撃《こうげき》してくるとわかっていた。朝日が差しこむと同時に、太陽のなかから、霧《きり》のなかから、敵《てき》が飛びだしてくる。で、待っているあいだに、みんな何をすると思う？　話なんだ。たいていは塹壕《ざんごう》のなかで——ちょうどいまのように真《ま》っ暗闇《くらやみ》だ。そのなかで互《たが》いの話を語り合う。ここでも同じことができるが、どうだい、やってみるかい、ぼっちゃん？」

「おじいちゃんのお話みたいに、わくわくするのがいいのよね、バーニー？」

いつものように、母さんがぼくの代わりに答える。そして母さんの言うことは正しかった。

ぼくはお話を聞くのが好きだったけれど、それは展開《てんかい》が早くて手《て》に汗《あせ》にぎるものにかぎられた。船が難破《なんぱ》したり、海賊《かいぞく》や宝《たから》が登場したり。魔法使《まほうつか》いやおばけやトラが出てきたり、無人島や密林《みつりん》が舞台《ぶたい》だったり。サッカーのお話でもいい。おじいちゃんは、ぼくの好みを知っていて、そういう話をとても上手にしてくれる。聞いているとお話の世界にいるみたいで、終わってしまうと心からがっかりした。そしておじいちゃんは、いつもどうにかしてお話のなかに、ビッグ・ブラック・ジャックという名の馬や、コベントリー・シティのチームが勝つサッカーの試合の話を織《お》りこんだりして、それがまたぼくは大好きだった。なぜかどの話もぼくの耳にはほんとうにあったことに聞こえる。

「なるほど」おじさんは言った。「きみのおじいちゃんはここにいない。それにおじさんはそんなふうに、うまく話ができないのはわかっている。だが、やってみて損《そん》はないよね？　じゃあ始めよう。ただし海賊《かいぞく》や無人島やおばけなんかは、残念ながら出てこない。だけど、もしきみがよければ、おじさんはほんとうにあったことを話そうと思う。それも、これまでだれも聞いたことのない、真実の話をね。どうだい、ぼっちゃん？　きみはそういう話は好きかな？」

「それはもう」母さんが言って、笑い声をあげた。

何か恥《は》ずかしいことを言われるにちがいないと、ぼくは身構《みがま》えた。

「うちのバーニーは、そういうお話が大好きで、自分でもよく話すんですよ。これって、ほんとうのことだよって前置きして」

そこで母さんは意味ありげにぼくをつっついた。

「それがまたうまくて。もちろん、全部ほんとうってわけじゃありません。ちょっとしたうそをまぜて話すんです。罪《つみ》のないうそを。そうよね、バーニー？　まあ、そういうことはだれでもするもんだと思いますけど。もちろん、ほめられたことじゃありませんよ。いずれにしろ、お話をしていただけるならうれしいわ。ねえ、バーニー、そうよね？　それにおっしゃるとおり、ここに閉《と》じこめられているあいだ、いい時間つぶしになります。なんだか早くも暑くなって、むっとしてきたじゃありませんか？」

「わかりました、それじゃあ始めましょう」しばらくして、おじさんが話しだした。「わたしの話をいたしましょう。いや厳密《げんみつ》に言えば、わたしではなく、仲のよい友だちの話です。そういうのを親友と言うんでしょうね。わたしは世界中のだれよりも、彼《かれ》のことを知っているんです」

「その人の名前は？」ぼくは聞いた。

そこで少し間があった。

「ウィリアム・バイロン」おじさんが言った。「でも、それは本当の名前じゃない。本当の名前なんて本人は知らなかった。連中がつけた名前だったんだ。友だちからは単にビリーと呼《よ》ばれていて、ビリー・バイロンといえば、だれにも通じた」

第一部終わり

マッチは残り四本……。

第二部

ビリー・バイロン

「わたしはこのビリー・バイロンという男と、生涯《しょうがい》つきあってきたと言ってもいい」

おじさんは話しだした。

「ビリーとわたしは同じ町の、同じ通りに住んでいて、いっしょに大きくなった。同じ孤児院《こじいん》に入って、学校も同じセント・ジュード小学校に通った。マルベリー・ロードのつきあたりにある学校だ」

「バーニーもセント・ジュードに行ってました」母さんがびっくりした。「そうよね、バーニー？　こんなことになるまでは」

「これはおどろいた」おじさんが言う。「世界は狭《せま》い。ふしぎな縁《えん》もあったもんだね。セント・ジュード小学校。マルベリー・ロード。まるでわたしとぼっちゃんは、いつか出会う運命だったようだ。孤児院《こじいん》もマルベリー・ロードにあって、わたしらはマルベリー・ロードのワルガキと呼《よ》ばれてたんだ」

「そういえば、ずいぶん昔に孤児院《こじいん》がありましたね」母さんが言う。「何年か前に取《と》り壊《こわ》しになりました。そのあと家や商店が建って。マッキンタイアさんのお店もあった。それもいまはなくなってしまったけど」

ふいに窓《まど》の外で懐中《かいちゅう》電灯の光が躍《おど》ったと思ったら、ドアがするりとあいた。

「奥《おく》さん、見まわりに来ました。無事ですかな」と声がした。懐中《かいちゅう》電灯の光が車内をぐるりと照らしたあと、つかのま光のなかに車掌《しゃしょう》さんの顔と、制帽《せいぼう》が浮《う》かびあがった。

「そう長く、ここにとどまるつもりはありませんから、ちょっとのしんぼうです」

「けが人が出たんですか？」母さんが聞いた。「ほかの客車で？」

「いえ、それはないと思います。わたしの知るかぎりでは」車掌《しゃしょう》さんが言った。

「あとどのぐらいしたら発車するんでしょう？」母さんが聞く。「ロンドンで汽車を乗《の》り換《か》えないといけないんです。乗《の》り遅《おく》れたら困《こま》っちゃうわ。わたしたちコーンウォールに行くんです」

「それはよかった。まあ長くかかったとしても、一時間後には発車できるでしょう。奥《おく》さん、ご不便をおかけして申《もう》し訳《わけ》ありません。しかしミスター・ヒトラーがまた悪さをするとこまりますんでね。またあとで様子を見にもどりますから、それまでどうかじっとしていてください」

車掌《しゃしょう》さんが出ていってドアが閉《し》まると、またぼくらは闇《やみ》のなかに押《お》しこまれた。

「どこまで話したかな？」おじさんが言う。「まだほんの出だしかな？」

「あなたはマルベリー・ロードのつきあたりにある孤児院《こじいん》にいたとお聞きしました」母さんが教えた。

「ああ、そうそう、そうだった。母親が死んだあと、父親がそこにわたしを入れた。そのあと父親はぷいといなくなった。以来二度と会っていない。こっちにすれば、やっかい払《ばら》いができて気分がせいせいした。それに孤児院《こじいん》っていうのは、そう悪い場所じゃない。みなしごに、名前と、雨風をしのぐ屋根と、腹《はら》を満たす食べ物をくれる。しかしそれだけだ。夜は寒いし、食事はひどい。だが、学校のほうは問題ない。孤児院《こじいん》の子どもだっていうんで、そりゃまあ、ひどい言葉でからかわれもした。マルベリー・ロードの

sakamotonao.

ハナッタレ小僧《こぞう》なんて呼《よ》ばれてね。でもビリーとわたしは気にしなかった。棒《ぼう》でも石でもなんでも来やがれって感じだったね。何をやるんでも、ふたりいっしょ。学校をさぼるんでも、教室のすみに立たされるんでも、ひっぱたかれるんでも。あいつは何があってもへいちゃらだって顔をして、いつものほほんとしてたよ。いまならさしずめ、明るい能天気《のうてんき》とでも呼《よ》ばれていたかもしれない。

絵を描《か》くのが大好きで、その当時からいろいろ描《か》いてた。一番得意なのは鳥。クロウタドリ、コマドリ、カラス。なんでも描《か》ける。それを言うなら、人間だって描《か》ける。いつだったか、学校じゅうの人間を描《か》いたよ。先生たちもふくめて、かたっぱしから描《か》いていったんだが、それが気に入らないやつもいてね。からかわれてると思ったらしい。でもそうじゃない。あいつは描《か》きたいから描《か》いた。それだけだ。同じ日に学校をやめて、同じ日に孤児院《こじいん》を出て、ホテルでいっしょに働くことになった。ボイラーや庭のめんどうを見て、ペンキを塗《ぬ》ったり飾《かざ》りつけをしたり――要するに、はんぱ仕事だ。屋根裏《うら》に小さな部屋をもらって、住みこみで働いてた。孤児《こじ》でなくなったと思ったら、今度は奴《ど》隷《れい》なみの扱《あつか》いだ。二年間働きづめで休みは一日。たった一日だ。その日はふたりでブリドリングトンに出かけた」

「ぼくも家族で行ったことがあるよ！」ぼくは言った。「めずらしい貝がらを見つけたんだよ、浜辺《はまべ》でね」

そのとき、空襲《くうしゅう》で焼かれた自分の家のことを思いだした。大事にしていたザルガイの貝がらも、バスも、ブリキの兵隊も、もうないのだと気づいた。二度と目にすることはない。

「ぼっちゃんとは共通点がいっぱいあるね」おじさんが続ける。「ブリドリングトン――美しいところだ。あそこで食べたフィッシュアンドチップスはじつにうまかった。あんなにうまいのは生まれて初めてだった。わたしたちは浜辺《はまべ》に腰《こし》をおろして海をながめ、切ない思いをつのらせていた。あの水平線のむこうにある世界を見てみたいってね。その浜辺《はまべ》でビリーが黒玉を拾ったんだ。石炭の石ころなんだが、黒くてつやつやしていて、ビリーは幸運の石って呼《よ》んでいた。たしかに幸運だったよ、生涯《しょうがい》のほとんどはね。おっと話を先走りすぎた。

いずれにしろ、その日をきっかけにわたしたちは考えた。もうホテルで奴隷《どれい》のようにあくせく働くのはうんざりだ。これ以上は我慢《がまん》できないってね。そして、ある日曜日、わたしは公園の野外音楽堂で、あの兵士に会った。いや、わたしじゃなくてわたしたちだ。その兵士は音楽隊の一員として演奏《えんそう》していた。いろいろ話を聞いてみると、彼《かれ》は陸軍に入って世界中をまわったらしい。アフリカやエジプト、中国にも行ったって言う。それなのにビリーとわたしはどうだ？　ブリドリングトンしか行ったことがない。ビリーもわたしも独り身《ひとりみ》だ。ボイラーのめんどうを見るのも、庭土を掘《ほ》り起《お》こすのも、ドアにペンキを塗《ぬ》るのも、あんまり好きじゃない。がんばったところで、かせぎは少ない。ところがその兵隊が言うには、陸軍に入れば腹《はら》いっぱいめしが食える、それもうまいものをタダで。

そんなわけで、わたしとビリーは陸軍に入隊した。軍服とライフル銃《じゅう》を支給《しきゅう》され、行進の仕方をたたきこまれ、銃《じゅう》の撃《う》ち方《かた》を少し教わり、ブーツやバッジ、装備《そうび》一式をいつもぴかぴかにしておく方法を教わって、それがすむとまた行進で行ったり来たりだ。だが公園の兵隊が言ったことはうそじゃなく、決まってうまいめしにありつけて、それが全部タダ。だいたい兵隊の仕事は、一日じゅう働きづめの仕事とはちがって段《だん》ちがいに楽だった。ただし、あれをしろ、これをしろって、始終だれかに怒鳴《どな》られるのはきつかった。たいていは、あれをしろって言うより、するな、のほうが多いんだが。考えてみれば、それは孤児院《こじいん》も同じだ。だが軍隊には大勢《おおぜい》の仲間がいて、みんな同じ目的にむかって働いている。そしてみんな少しばかり、お気楽だった。

そんなある日、わたしたちはライフル銃《じゅう》をかつぎ、全装備《ぜんそうび》をととのえて汽車につめこまれた。その数時間後には通りをくまなく行進していて、音楽隊の演奏《えんそう》が響《ひび》くなか、旗を振《ふ》る人々の歓声《かんせい》を浴びていた。まるでちょっとした英雄《えいゆう》になった気分だった。波止場《はとば》からタラップを上がって、見上げるばかりに大きな船に乗りこんだ。これはすごい冒険《ぼうけん》になるぞって、みんなそう思った。ところが船が走りだしてまもなく、みんなかたっぱしからひどい船酔《ふなよ》いに苦しんで、ビリーもそうだった。それでもやつは始終にこにこしていた——仲間内で一番陽気でへこたれないビリーは、見れば必ず絵を描《か》いている。文字なんかひとっつも書かないでね。まったくとことん絵が好きなんだ！

四方八方を海に囲まれているなかにいる。そんな状況《じょうきょう》にあこがれたこともあったが、いざそうなってみると、海なんぞもう二度と見たくないと思ったよ。なぜだかわかるかい？　足の下で、海は片時《かたとき》もじっとしていないんだ。胃のなかをひっかきまわされているみたいに、吐《は》き気《け》ばかりがこみあげる。それだから、数週間ものあいだ波にゆられて過《す》ごしたあと、陸地にふたたび立ったときには心からほっとしたよ。ずっと怒鳴《どな》られながら行進するのも、少しも苦じゃなかった。自分たちはアフリカにいる。ここは南アフリカなんだってね。

そこはね、ぼっちゃん、きみのお父さんがいるところとはずいぶん離《はな》れている。でも同じアフリカだ。遠い世界へやってきた。日ざしがさんさんと降《ふ》りそそぎ、まさに万事つつがなし。ただしハエと腹《はら》の痛《いた》みは別だがね」

「バンジツツガナシ？」わけがわからず、ぼくは聞いた。「どういうこと？」

「気楽ってことだ。心配事がなんにもない。だれもが幸せいっぱい、腹《はら》いっぱい——何も案ずることなかれ。というわけで、あの音楽隊の兵士が教えてくれたとおりになった。キリン、ライオン、ゾウ、いろんな動物を見たよ。あそこの日没《にちぼつ》は、一度は見ておくべきだ。どーんと大きな太陽が真っ赤に燃《も》えあがって、手を伸《の》ばせばさわれそうなぐらい近くに見える。だが戦いはなかった。それで兵士は行進ばっかりさせられて、そうでなけりゃやることもないから、ふざけあってばかりいた。いま思えば、まったくお気楽な毎日だったよ。食べるものには事欠かず、仲間も大勢《おおぜい》いれば、頭の先から爪先《つまさき》まで、お天道《てんとう》さまがあったためてくれる。ビリーは時間を見つけては、しょっちゅう絵を描《か》いていた。もっぱら描《か》くのは昆虫《こんちゅう》や木や植物、それにもちろん鳥たち。コンドルやワシなんかを描《か》いていたよ。テントの外にすわって絵を描《か》いているときが、ビリーは一番幸せそうだった。ビリーのスケッチブックを見せてやりたかったな。アフリカについて書かれた本はゴマンとあるだろうが、やつのスケッチブックにはそのすべてがつまっているんだ。

そうこうしているうちに――あれは一九一四年だった――気がつくと、またわたしたちは蒸気《じょうき》を上げる船に乗りこんでケープタウンを出港し、来たときと同じように、荒波《あらなみ》のおそろしい海をわたって故郷《こきょう》へとむかった。なぜもどったかっていうと、ヨーロッパで戦争が始まっていたからで、敵《てき》はドイツだった。ドイツの専制《せんせい》君主が巨大《きょだい》な軍隊でベルギーに侵攻《しんこう》していた。それでドイツ軍と戦って、勇敢《ゆうかん》な小国ベルギーを救うことが求められたんだ。そのためにありったけの兵士を集めることになって、わたしたちも呼《よ》ばれた。

不安よりも、興奮《こうふん》のほうが大きかった。もう手持ちぶさたですわっていなくていい。意味もない行進を続けずにすむ。ビリーは目に見えて発奮《はっぷん》して、敵《てき》と戦うのを心待ちにしているようだった。それを言うなら、わたしたちみんながそうだった。結局のところ、みんな兵士だ。兵士は戦うのが仕事だろ？　ドイツ兵をこてんぱんにやっつけてやるぞって、みんな意気ごんでいたっけ。船上ではばか騒《さわ》ぎをして、大声で歌を歌った――船《ふな》酔《よ》いに苦しんでいないときにね。この先に何が待《ま》ち構《かま》えているのか、だれも何も知らなかった。いま思えば、それは幸せなことだった」

――2

ビリーはほとんどの時間、甲板《かんぱん》に出ていた。ここならそんなに船酔《ふなよ》いしないから、なんて言って、クジラやイルカなんかの絵を描《か》いてるんだ。でもやつが一番好きなのはアホウドリだった。翼《つばさ》をほとんど動かすことなく空中に浮《う》いている、あれがいいらしい。

アホウドリたちはビリーのために空でじっとしていた。絵が描《か》きやすいようにね。

とはいえ、まもなく絵なんか描《か》いていられなくなった。船がベルギーに着いたとたん、行軍が始まったんだ。みんなで隊列を組んで国内を進んでいく。戦況《せんきょう》は思わしくない――それは耳が痛《いた》くなるほど何度も聞かされていた。でもこっちは現場《げんば》を見ちゃいない。

それだから、相変わらずみんなのんきなもんで、まだ歌を歌っていた。一番威勢《いせい》がいいのはビリーだった。兵隊のお手本さながらに機敏《きびん》に動き、決してほかに後《おく》れを取らず、みんながいやがる仕事も率先《そっせん》して引き受けた。

進むにつれて、銃声《じゅうせい》が近くで聞こえてきた。救急車が車列を組んで進み、すぐ横を過《す》ぎるとき、負傷《ふしょう》した兵士がぎっしりなかに乗っているのが見えた。つぎつぎと通る荷車には、どれも家財《かざい》道具が山のように積まれ、牛や馬一頭がそれを引いている。ひと家族丸ごとが、重たい足をひきずって道路沿《ぞ》いを歩いていくのを何度も見た。みな疲《つか》れきっていて、赤《あか》ん坊《ぼう》や子どもは泣いていた。気の毒としか言いようがない。

まもなく歌がやんで、浮《う》かれ気分も吹っ飛《ふと》んだ。途中《とちゅう》、人のいなくなった村落をいくつも通りすぎた。あとに残っているのは瓦礫《がれき》の山ばかりで、腹《はら》をぱんぱんにふくらませた馬やラバの死体が道ばたに横たわっていた。一度、屋根を吹《ふ》き飛《と》ばされた教会の横を通りかかった。その教会の壁際《かべぎわ》には、担架《たんか》とからの棺《かん》おけが、何百という単位で山積みになっていた。あれがだれのために用意されているのか、さすがにみんなもうわかってきた。

そのあと、野営地《やえいち》に到着《とうちゃく》したところで、ビリーがスケッチブックを取りだして、教会で見た棺《ひつぎ》の絵を描《か》きだした。草原を跳《は》ねまわるキリンでも、空に舞《ま》いあがるコンドルでもなく、アフリカの地平線に沈《しず》む大きな丸い太陽でもなければ、海を泳ぐクジラでも、空を浮遊《ふゆう》するアホウドリでもない。いま彼《かれ》が描《か》いているのは、救急車の後部に乗っていた負傷兵《ふしょうへい》の顔であり、道路脇《わき》を馬や牛の手綱《たづな》を引いて歩く、腰《こし》の曲がった老婆《ろうば》だった。そして夜になると、ビリーは小さな女の子を描《か》いた。ビリーの人生を永遠《えいえん》に変えることになった女の子で、そのときビリーは、その子がだれで、どこからやってきたのかも知らなかった。

ある村をつっきって行軍したときのこと。そこはベルギーのイープルに入る手前にあるポペリンゲと呼《よ》ばれる村だった。その村の道路脇《わき》でビリーはその子を見つけた。両腕《りょううで》でひざをかかえて身体をゆらし、しくしく泣いていた。隊を組んで歩いているわけだから、ビリーだけじゃなく、みんな、その子に気づいた。はだしで、ぶるぶるふるえていて、その姿《すがた》からは希望のかけらも見えない。そういう子を見るのは初めてじゃなかった。けれどその子は、世界でたったひとり取り残されてしまったような、よるべない顔をしていた。

ビリーもみんなと同じように行進して、その子の前を一度通りすぎた。それからふっと列を離《はな》れたかと思うと、その子のもとへ駆《か》けもどった。軍曹《ぐんそう》が怒鳴《どな》ったけれど、ビリーは気にもとめない。みんなも足が進まなくなって、しまいにはみなとまってしまった。さっさと歩けと軍曹《ぐんそう》に大声で怒鳴《どな》られてもだめだった。だれもがその場に立ちつくして、ビリーを見まもった。ビリーは女の子の脇《わき》にしゃがむと、何か話しかけながら一生懸命《いっしょうけんめい》なぐさめている。けれども女の子の顔はいっこうに明るくならない。

迷《まよ》うことなくビリーはその子を抱《だ》きあげて歩きだした。

今度は馬に乗った少佐《しょうさ》が前から後列に走ってきて、その子をおろして隊列にもどれとビリーに怒鳴《どな》った。

馬の高い背《せ》の上から少佐《しょうさ》にわめかれ、説教を聞かされているあいだ、ビリーは平然とした顔で立っていた。

「二等兵、おまえはここに何をしにきたんだ？」少佐《しょうさ》の説教は続いた。「こういう人々の世話をしにきたとでも思ってるのか？　その子を助けたい、ここにいる人たちをみんな助けたいとそう思うなら、おまえは自分の力をドイツ兵と戦うためにとっておかないといけない。おまえはドイツ兵を追《お》い払《はら》うためにここにやってきた。それこそが、その子を初め、ほかの何千という人々を救う手立てなんだ。さあ、二等兵、その子をおろして列にもどれ」

「申《もう》し訳《わけ》ありませんが、それはできません」と、ビリーはものしずかに言った。「おっしゃるとおり、自分はドイツと戦います。しかしまずはこの子を野戦病院に連れていかなければなりません。このまま放っておいたら死んでしまいます。助けが、医者が必要なんです。この隊にだって医者がついていますよね？　この子は子ネコみたいに弱っているんです。放ってはおけない。ママもパパもいなくて、ひとりぼっちだ。この戦争のせいです。だれにだって、ママとパパと家は必要です。なのにこの子には何もない。そ

sakamotonao.

れはおかしいでしょう。わたしたちがなんとかしなくては。ここに置き去りにするなんて、どうしてできますか？」

少佐《しょうさ》はだまった。何も言いかえさない。それは軍曹《ぐんそう》も同じだった。それでビリーは女の子を抱《だ》いたまま列にもどり、行軍途中《とちゅう》にある一番近い野戦病院に連れていくことにした。軍人用の厚手《あつで》のオーバーコートで女の子をくるみ、途中《とちゅう》ずっとビリーはその子に話しかけていた。

野戦病院のテントが見えてくると一行はとまり、ビリーは担架《たんか》に女の子をのせて、少しのあいだ手をにぎっていた。担架《たんか》をかつぐ係がやってくると、女の子は病院のテントに運ばれていった。

この小さな女の子のことは、あとになってもみんなの記憶《きおく》に残っていた。とりわけビリーは忘《わす》れなかった。このできごとがあってから、ビリーは心が決まった——ビリー本人がいつもそう言っていたよ。その日、少佐《しょうさ》が馬の高い背《せ》から説教したことも一部にはあったろうが、それ以上に、野戦病院でビリーがさよならを言ったときの、女の子の目がビリーに心を決めさせた。悲しみと絶望《ぜつぼう》ではちきれそうな目だった。

もしビリーが正しく理解《りかい》していれば――ほんとうにそうかどうか、あとになってもビリーは自信がなかった――その子は、自分の名前を一生懸命《いっしょうけんめい》伝えようとしていた。わたしの名前はクリスティーンだと。ビリーがその子について知っているのはそれだけだった。

それから数週間、数か月と、ビリーはその子の絵を描《か》き続け、どの絵の下にも、クリスティーンと名前を記した。クリスティーンの絵を描《か》けば描《か》くほど、その子のことをますます考え、人にも語って聞かせるようになる。そのうちに、クリスティーンのような戦争によって親を失い、ひとりぼっちになってしまった子どもたちに、自分がなすべきことがわかってきた。

全力をつくして、この戦争をできるだけ早く終わらせ、嘆《なげ》き苦しむ子どもたちをこれ以上出《だ》さないようにしよう。

それからまもなく、わたしたちは戦いの最前線につき、生まれて初めて塹壕《ざんごう》にもぐった。塹壕《ざんごう》のことは、聞かないですむなら聞かないほうがいい。モグラは土の下で暮《く》らせるようにできているが、人間はそうじゃない。正直に言うと、最初はこれといって何も起きず、こんなもんかと思っていた。

　そのうち頭上を流《なが》れ弾《だま》が飛んでいくようになった。狙《そ》撃《げき》兵《へい》がつねにこっちを狙《ねら》っていたから、穴《あな》から頭を出《だ》すわけにはいかない。おそろしかったよ。そりゃそうだ。中間地帯をはさんだむこう側、百メートルも離《はな》れていない場所にドイツ兵も塹壕《ざんごう》を掘《ほ》って、こっちと同じようにかくれている。いつ飛びだして、攻撃《こうげき》してくるかわからない。敵《てき》の話し声や笑い声が聞こえるんだ。ときには音楽の演奏《えんそう》までね。しかし敵《てき》の姿《すがた》は見えない。頭を上げて、ちらっとのぞくなんて、ばかなまねはしなかった。こっちがそうするのを敵《てき》の狙撃兵《そげきへい》は待ち構《かま》えているんだから。

　仲間が撃《う》たれるのをこの目で初めて見たときがそうだった。うっかり頭を突《つ》きだしていたところを狙撃兵《そげきへい》にやられた。ハロルド・マートン、たしかそんな名前だったと思う。まだ十八歳《さい》の若《わか》さだった。歌うときは別として、ふだんはとてもおとなしいやつだった。歌が大好きでね。故郷《こきょう》では教会の合唱隊で歌っていたそうだ。マンチェスター生まれで、ユナイテッドのサッカーチームを応援《おうえん》していた。すごくいい声をしていた。ついさっきまでいっしょに話をしていたと思ったのに、その彼《かれ》がもういない。

みんなで塹壕《ざんごう》のなかにすわって安タバコを吹《ふ》かし、手紙を書き、トランプで遊び、お互《たが》いの身の上話に花を咲《さ》かせた――ちょうどいまと同じようにね。ビリーは絵を描《か》いた。ときどき仲間《なかま》のことも絵に描《か》いて、それがまたうまいのなんのって。食べるものと言えば、来る日も来る日も煮《に》こみ料理ばかりで、運がよければパンとマーマレードが口に入る。ティックラーのマーマレードだ。あとは寝《ね》る。眠《ねむ》れなくても、寝《ね》る努力をする。ドイツ兵はこちらの様子を逐一《ちくいち》知っているみたいで、ようやく寝入《ねい》ったところで、「ヒュー・ズドン！」が飛んできて、また目が覚める。

もちろん交替《こうたい》で見張《みは》りをするし、毎朝日がのぼる時分には、全員が射撃《しゃげき》用の踏《ふ》み台《だい》で待機する。そこを敵《てき》が狙《ねら》ってくる。明け方のまだ薄暗《うすぐら》いときに、霧《きり》やのぼる朝日のなかから飛びだして攻撃《こうげき》してくるんだ。それに備《そな》えて、こっちは銃剣《じゅうけん》をライフル銃《じゅう》の先につけ、銃《じゅう》に弾《たま》をこめる。そうしていつも真っ先に塹壕《ざんごう》を出て射撃《しゃげき》用の踏《ふ》み台《だい》に上がって敵《てき》を待《ま》ち構《かま》えるのがビリーだった。さあ出てこいと心のなかで念じているようで、敵《てき》を早くしとめたくてうずうずしているのがわかった。

闇《やみ》に身をかくせる時間になると、よく偵察《ていさつ》に送りだされた。将校《しょうこう》でも、軍曹《ぐんそう》でも、伍《ご》長《ちょう》でも、担当《たんとう》の上官がひとりつきそっていく。塹壕《ざんごう》からはいあがって、音を立てないようにして中間地帯を腹《はら》ばいで進んでいき、鉄条網《てつじょうもう》をくぐって敵《てき》の塹壕《ざんごう》に飛《と》びこむ。そうして、連中のひとりをひっぱってきて敵《てき》の内情《ないじょう》を聞きだすのが偵察《ていさつ》の仕事だ。

自分からやると志願《しがん》すれば、ラム酒の配給が二倍になるが、だれもそんな仕事はしたくない。だがビリーだけは別だった。酒が欲《ほ》しいわけじゃないんだよ。あいつはビールしか飲まない。それなのに危険《きけん》も顧《かえり》みず、毎回志願《しがん》する。〝イカレぽんちビリー〟なんて、ちゃかす者もいたが、やつは気にしない。もちろん頭がイカレてるわけじゃないのは、みんな知っている。正気を失っているわけでも、勇敢《ゆうかん》なわけでもないと、やつは自分でそう言った。ただとっさとこの戦争を終わらせたいだけだ。そうすれば親を失う子どももいなくなる。スケッチブックに描《か》いた小さなクリスティーンのような子どもがもう出なくなるって、そう言うんだ。

ホイッスルが鳴ったのを合図に、みな一丸となって塹壕《ざんごう》の胸壁《きょうへき》を越《こ》えて突撃《とつげき》した。機《き》関銃《かんじゅう》とライフル銃《じゅう》の射撃音《しゃげきおん》に耳をつんざかれながら、炎《ほのお》と煙《けむり》と大声があがるなかへ、ビリーを先頭につっこんでいく。みんなおそろしくてたまらない——ビリーも同じだ。オレのポケットにはブリドリングトンで拾った幸運の黒玉が入っているから大丈夫《だいじょうぶ》だなんて言っていたが、やつだって考えてることはみんなと変わらない。塹壕《ざんごう》から真っ先に飛びだそうが、最後に出ていこうが、たいしたちがいはない。歩いて出ていこうが走って出ていこうが同じことで、一度地上に上がって中間地帯に出たならば、あとは運に任《まか》せるしかない。

砲弾《ほうだん》や手榴弾《しゅりゅうだん》はよけられない。自分に当たるかはずれるかは、すべて運次第《うんしだい》。ハロルド・マートンのようにあっけなく死ぬかもしれないし、死なないかもしれない。かすり傷《きず》ひとつつかずにすむかもしれないし、ちょっとした傷《きず》を負ったなら野戦病院で応急《おうきゅう》手当をしてもらえばいい。そこで数日静養したら、またすぐ前線に送りかえされる。もっと深刻《しんこく》なけがを負った場合は本国へ送還《そうかん》され、そっちの病院に入れられる。

オレたちは〝神々のひざの上〟にのっかってるんだって、ビリーはよくそう言っていたよ。こっちがいくら気をもんだからって、それで戦争に勝って万事めでたし、なんてことにはならない。四の五の言わずに飛びこむしかなかった。あの哀《あわ》れなハロルドのように友が死ぬのを目にすれば、悪夢《あくむ》にうなされ、おじけづきもする。だがビリーは、だれかがけがをするのを見るたびに、仲間が死んでいくのを見るたびに、決意がいっそう強くなった。とにかく戦いぬいて、ひとりでも多くのドイツ兵を殺すか捕虜《ほりょ》にする。ビリーにとって戦争を終える方法は、それしかなかったんだ。

一九一六年の十月。ビリーはフランス北部のソンムで、本国に送還《そうかん》されるほどの大けがを負った。榴散弾《りゅうさんだん》に脚《あし》をやられたんだ。ここで応急《おうきゅう》手当をすませ、すぐ戦闘《せんとう》にもどらせてほしいと、ビリーは野戦病院の医者にたのんだ。それはできないと言われると病院から脱走《だっそう》までしようとした。結局連れもどされたんだがね。傷《きず》は深く、放っておくと大変なことになるから帰国してちゃんとした病院で治療《ちりょう》を受けるようにと医者は言った。

そんなわけで、しばらくのあいだビリーはイギリスにもどって病院で治療《ちりょう》に専念《せんねん》することになった。病院といっても、もとはサセックス州の田舎《いなか》に建つ大きな屋敷《やしき》で、窓《まど》の外には広大な庭が広がっていてシカをながめることができたし、湖には白鳥も浮《う》かんでいた。そんななか、ビリーは一心に脚《あし》が治るよう念じていた。シカや白鳥の絵を描《か》き、ここでもクリスティーンを描《か》き、仲間たちを描《か》いた。そうすることで、なぜふたたび塹《ざん》壕《ごう》にもどらねばならないのか、自分の胸《むね》にその理由を刻《きざ》みこんだ。

夜眠《ねむ》れば、決まってクリスティーンの小さな顔が夢《ゆめ》に出てきてうなされた。そのたびに、戦場にもどりたい、仲間たちのもとに帰りたいと、強く願った。いままでは戦場にいる仲間たちがビリーの家族だった。生まれてからこのかた、ビリーが家族を持ったのは初めてだったから、なおさらいっしょにいたかったんだろう。

——3

けれど、一か月かそこらしてビリーが戦場にもどったときには、かつての仲間の多くはもうそこにはいなかった。ビリーがいないあいだ、大変な日々を過《す》ごしていたんだ。死んだり、行方《ゆくえ》不明になったり、負傷《ふしょう》した者が大勢《おおぜい》いた。ビリーに初めてできた家族が一気に半分も減《へ》って、見なれない人間が顔をそろえていた。ビリーは罪悪感《ざいあくかん》にさいなまれた。ほんとうだったら自分がここにいて、みんなを危険《きけん》から守らなきゃいけなかった。それなのに病院のベッドで、故郷《こきょう》の大きな屋敷《やしき》で、横になっていた。彼《かれ》のほんとうの居《い》場所《ばしょ》は、仲間たちのいる戦場だったんだ。いま思えば、ビリーは時を経《へ》るにつれて、小さなクリスティーンのためだけでなく、戦場に残した仲間たちのためにも、戦い続けようと決意したんだろう。もう二度と仲間を置き去りにしない。どんなことがあろうとも。

ところが一九一七年の冬、パッシェンデールの近くでビリーはまた負傷《ふしょう》した。今度は腕《うで》に銃弾《じゅうだん》を受けたんだ。イギリスの病院できちんと治すよう医者に言われたんだが、ビリーは夜間の、近くにだれもいない時間を見計らって、野戦病院を抜《ぬ》けだした。仲間たちのもとへもどろうとしたんだ。ビリーがいなくなったのに気づいた医者たちは、彼《かれ》が戦争そのものから逃《に》げだしたのだと思い、逮捕《たいほ》しようと憲兵隊《けんぺいたい》が動きだした。結局ビリーは、憲兵《けんぺい》がまったく予想もしない場所で見つかった。つまり仲間たちのいる塹壕《ざんごう》にもどっていたんだ。脱走兵《だっそうへい》の逃《に》げた先が戦争の最前線だったとわかって、逮捕《たいほ》ができるかい？　結局憲兵《けんぺい》はビリーをそのままにした。

それから数か月のあいだ、ビリーは日を追うごとに、自分の生き死にはどうでもよくなっていった。中間地帯に負傷者《ふしょうしゃ》が倒《たお》れているのを見つけると、出ていって塹壕《ざんごう》に連れもどした。あらゆる希望がついえても——たとえばドイツ軍に防衛線《ぼうえいせん》を突破《とっぱ》されて包囲されることが確実《かくじつ》になっても、ビリーは戦い続けたし、仲間も戦い続けた。

ビリーはなんとしてもドイツ軍に勝たせるつもりはないようだった。どんなに状況《じょうきょう》が不利に見えて、こちらにはまったく勝ち目がないと思えるときでさえ、あきらめなかった。翌年《よくとし》の春、自分たちはカンブレー近郊《きんこう》のどこかにいた。たしか近くに運河《うんが》があった。戦況《せんきょう》は変わっていた。こっちは勝ちにむかっていて、ひたすら前進を続けた。ドイツ軍を敗走に追いこんだと、そう思っていた。しかし敵《てき》はそんなに甘《あま》くない。人になんと言われようと、あの戦争でひとつ学んだのは、敵《てき》もまたわれわれとまったく同じように勇《ゆう》敢《かん》であるということだ。敵《てき》はたしかに退却《たいきゃく》していたが、チャンスがあると見ればそこでとまって反撃《はんげき》を開始した。

そんなわけで、ある朝、こっちはにっちもさっちも行かない状況《じょうきょう》に追いこまれた。完全に封鎖《ふうさ》されたんだ。動きだせば機関銃《きかんじゅう》が発射《はっしゃ》される。前進も後退《こうたい》もできない。それでビリーが提案《ていあん》した。いっしょに行く仲間をふたりつのる。残りはいまの場所にとどまって、援護射撃《えんごしゃげき》をしてほしい。そうして三人で突撃《とつげき》し、「ドイツ兵をこてんぱんにしてやる」と言う。実際やつは、そのとおりのことをした。イカレぽんちビリーは仲間ふたりと敵《てき》に突撃《とつげき》していき、ひとりも撃《う》たれなかった。まもなく三人は敵《てき》の塹壕《ざんごう》に爆発物《ばくはつぶつ》や手《しゅ》榴弾《りゅうだん》を投げこみ、敵《てき》の機関銃《きかんじゅう》は火を吹《ふ》くのをやめた。なんと、敵《てき》は負けを認めたんだ。ドイツ軍は両手をあげて降伏《こうふく》した。二十人、いや三十人ほどの兵士がライフル銃《じゅう》をあっさりと放《ほう》り投《な》げた。こっちはその日何十人も敵兵《てきへい》を捕虜《ほりょ》にしながら、味方のだれひとり、かすり傷《きず》ひとつ負わなかった。まったくクソみたいな奇跡《きせき》——いや奥《おく》さん、汚《きたな》い言葉をつかって申《もう》し訳《わけ》ない。

母さんは答えなかった。となりから聞こえる呼吸《こきゅう》のリズムで、ぐっすり眠《ねむ》っているのがわかった。ぼくも眠《ねむ》たくなってきたけれど、がんばって起きていた。ビリーがそれからどうなったのか、話の続きをどうしても聞きたかった。窓《まど》の外のトンネル内と同じように車内も真っ暗だったけれど、そんなことはもうどうでもよくなっていた。

「母さん、眠《ねむ》っちゃったみたい」ぼくは言った。

「またマッチを擦《す》るかい、バーニー？」おじさんがぼくに聞いた。「それとも、まだ大《だい》丈夫《じょうぶ》かな？」

「大丈夫《だいじょうぶ》」ぼくは言った。大丈夫《だいじょうぶ》どころか、自分が闇《やみ》のなかにいることすら忘《わす》れていた。

「最後まで話を聞くかい？　お母さんを起こさなくてもいいのかな？」

「それだけすごい活躍《かつやく》をしたら、ビリーは勲章《くんしょう》をもらえたんじゃないのかな？」ぼくは聞いた。

「ああ、そうだとも」それからまた、おじさんは話を続けた。


それもひとつじゃない。つぎつぎと勲章《くんしょう》をもらった。ビリーが勲章《くんしょう》をもらうには、くしゃみひとつすればいい、なんて仲間内では言われてたよ。しまいには胸像《きょうぞう》でも立つんじゃないかなんて、からかわれもした。だがビリーは気にしない。みんな心の奥底《おくそこ》では、ビリーを仲間のひとりとして誇《ほこ》らしく思っているのがわかっていたからだ。だからどんなに有名になろうと、自分は特別だなどというそぶりは見せず、ビリーは一兵士として働いていたが、世間のほうじゃ大騒《おおさわ》ぎだ。一度ならず新聞にビリーの顔写真がのったよ。勲章《くんしょう》を授与《じゅよ》されるたびに、新聞はその功績《こうせき》を大げさに書き立てた。だがビリーも仲間も、そんなものには目もくれなかった。

陸軍はビリーを昇進《しょうしん》させて上等兵にしたがった。しかしビリーはいやがった。お気持ちは大変ありがたいのですが、仲間と同じ二等兵という身分になんの不足もありませんと言って断《ことわ》った。しかしビリーの気持ちにはおかまいなしに、勲章《くんしょう》のほうは相変わらずじゃんじゃんやってきた。攻撃《こうげき》されている仲間の救出《きゅうしゅつ》に自らむかった功績《こうせき》を認《みと》められて勲章《くんしょう》を授与《じゅよ》される。そうかと思えば、重傷《じゅうしょう》の兵士を運ぶのに担架《たんか》の数が足りなくなって、負傷《ふしょう》した仲間を背負《せお》って野戦病院に運んだというので、また勲章《くんしょう》を授与《じゅよ》される。周囲にばらばらと爆弾《ばくだん》が落ちるなか、五キロ近い距離《きょり》を歩いてビリーは負傷兵《ふしょうへい》を運んだ。

しかしビリーは、勲章《くんしょう》が欲《ほ》しくてやったんじゃない。ただただ戦争を終わらせたかったんだ。軍服を脱《ぬ》いで、またあのホテルでボイラーの番をし、寒々とした小さな屋根裏《やねうら》部屋で眠《ねむ》り、絵を描《か》きたかった。あれだけ毛ぎらいしていたホテルが、いまでは楽園のように思えていた。戦闘《せんとう》のことも塹壕《ざんごう》生活のことも忘《わす》れたい。道ばたでしゃがんでいた、小さなクリスティーンのことも、その悲しい目も。地面に伸《の》びて、からっぽの目で空を見上げている仲間のことも。

いまとなっては、自分が生きていようと死んでいようとどうでもよかった。ただもう、くたびれて、へとへとだった。仲間たちみんながそうだった。この戦争を終わらせたい、そうすれば平和がやってくると信じていた。終わりは早ければ早いほどいい。あの小さなクリスティーンみたいな子どもにとっても、兵士にとっても、みんなにとっても。

だからビリーは、一九一八年九月の終わりに、ああいう行動に出た。戦争が終わるほんの数週間前だったと思うが、当然ながら、そのときにはまだ終わるとわかっていなかった。いつ終わるかなんて、正確《せいかく》にはだれにもわからなかったが、それでもそのころには、平和はそう遠くないという気がしていた。あちこちの塹壕《ざんごう》から味方の兵士がはいあがってきて、みなそれぞれに前進し、あらゆるところでドイツ軍が退却《たいきゃく》していた。

それが起きたのはマルコアンと呼《よ》ばれる村落の近くだった——どう発音するのが正しいのやら——自分たちは〝マーコン〟と呼《よ》んでいた。外国の名前っていうのはやっかいだ——フランス人もベルギー人も、こっちの発音とはまったくちがう。まあそれは仕方のないことなんだろう。とにかく、ビリーとわたしたちは、この小さな村落を攻略《こうりゃく》しようとしていた。

こっちは知らなかったが、ドイツ兵は巧妙《こうみょう》にかくれていた。塹壕《ざんごう》のなかや、まだ残っている建物のなかにね。そこへ知らずに踏《ふ》みこんでいくと、機関銃《きかんじゅう》やライフル銃《じゅう》、手にしたあらゆる武器《ぶき》で攻撃《こうげき》してきた。仲間の何人かがたちまち撃《う》たれ、残りは地形を利用してかくれた。だがもちろんビリーはちがう。匍匐《ほふく》前進をして敵《てき》にぎりぎりまで近づいていって、手榴弾《しゅりゅうだん》を投げて敵《てき》の機関銃《きかんじゅう》を爆破《ばくは》した。けがを負ったが、それでもビリーの進撃《しんげき》はとまらない。それを見ていた仲間たちも発奮《はっぷん》して、中隊が一丸となって立ちあがり、敵《てき》にむかっていった。

その日は山ほどの殺し合いがあって、それはもう目もあてられなかった。いいかい、ぼっちゃん、そこんところをよく覚えておくんだぞ。

だが戦闘《せんとう》はそれで終わりじゃなかった。こっちは運河《うんが》をわたって、むこう岸にいるドイツ兵をやっつけないといけない。敵《てき》は運河《うんが》のむこうからビリーを狙《ねら》って、あらゆる方向から発砲《はっぽう》していたが、ビリーのほうは気にもとめない。彼《かれ》は自分のやるべきことに意《い》識《しき》を集中していた。運河《うんが》の両岸に板をわたして即席《そくせき》の橋をつくり、それをつかってむこう岸に上陸しようというのだ。わたしたちは切れ目なく銃《じゅう》を発射《はっしゃ》して、敵《てき》の目をくらましながら、ビリーのつくった橋をわたっていく。しかしドイツ兵も負けちゃいない。四方から攻撃《こうげき》を仕掛《しか》けて、わたしたちを運河《うんが》のむこうに押《お》しもどそうとする。

だがビリーには、そんな作戦は通用しない。彼《かれ》には退却《たいきゃく》するつもりなど毛頭なかった。それでビリーを先頭にみんな最後まで持ちこたえたんだ。

ビリーはそれからさらに二度撃《う》たれたが、ここまでくると、もう何があろうと負けなかった。いまここで、戦争にかたをつけないといけない。必要とあれば自分ひとりでも、この戦争を永遠《えいえん》に終わらせてやると思っていた。戦争は殺されるか、殺すか、ふたつにひとつしかない。目の前にいるのはすべて敵《てき》だ。戦争が終われば、殺すことの善悪《ぜんあく》について話もできるだろう。しかし、戦闘《せんとう》のさなかにある兵士には、そんなことは考えていられない。

戦闘《せんとう》がひとたび終われば、また話は別だ。すべてが終わってあたりに目をやると、そこらじゅうに死者や負傷兵《ふしょうへい》が転がっていた。そこには仲間もまじっていたが、ほとんどは敵《てき》だ。このときになって初めて、自分が何をしたのかがわかってくる。戦闘《せんとう》に勝ちはしたが、勝利に気分が高揚《こうよう》することはない。まったくない。喜びもない。勝ち誇《ほこ》る気にもなれない。ただひたすらほっとしているだけだった。自分たちは生きている——先のことはわからないが、少なくとも、ここしばらくのあいだは生きている。わたしたちは助かった。

捕虜《ほりょ》を大勢《おおぜい》取ったよ。記憶《きおく》が正しければ、今回は三十人を超《こ》えていただろう。疲《つか》れきって、飢《う》えにさいなまれた連中は、まるでゴーストだった。まあそれを言うなら、こっちもみんなそうなんだが。

敵《てき》の将校《しょうこう》はビリーに降伏《こうふく》し、敬礼《けいれい》をして、自分の拳銃《けんじゅう》をわたした。みんなが知っているように、敵《てき》の将校《しょうこう》もまた、この戦闘《せんとう》はほとんどビリーがひとりで勝ち取ったようなものだとわかっていたんだ。

それから敵《てき》の身体検査《けんさ》をして、かくし持った武器《ぶき》や手榴弾《しゅりゅうだん》やナイフがないことを確《たし》かめた。連中からわたしたちに言うべきことは何もない。こちらも連中に言うことなどない。タバコをやったよ。そんなに悪い人間のようには見えなかった。みな若《わか》くて、なかにはまだ子どもみたいな兵士もいた。なんだかちょっと哀《あわ》れになった。あたりはしんと静まって、嵐《あらし》のあとの静寂《せいじゃく》そのものだった。

そのときだった。煙《けむり》のなかから、あのドイツ兵が現《あらわ》れた。二十メートルも離《はな》れていな

sakamotonao.

いところに、ライフル銃《じゅう》を持って立っている。銃口《じゅうこう》をこちらにむけるのではなく、ただ手に持っている。

それからその男は、こちらに背《せ》をむけて歩きだした。ビリーがとまれと怒鳴《どな》ると、言われたとおりにした。六丁のライフル銃《じゅう》の筒先《つつさき》が男にむいたが、ビリーは撃《う》つなと、みんなに言った。自分のピストルを男にむけ、武器《ぶき》を捨《す》てるよう男に命じ、しぐさでもそれを示《しめ》した。

だがドイツ兵はライフル銃《じゅう》を手にしたまま、ぼうぜんとその場に立ちつくしている。小柄《こがら》な男で、頭には何もかぶっておらず、軍服は泥《どろ》にまみれていた。その場に立って、わたしたちを見返していたよ。まるでこちらの心の奥《おく》まで見透《みす》かされそうな、鋭《するど》いまなざしだった。まもなく撃《う》たれると、そう覚悟《かくご》しているのが、表情《ひょうじょう》からわかった。額《ひたい》にかかった黒い髪《かみ》を手のひらでうしろへ払《はら》い、背筋《せすじ》をまっすぐ伸《の》ばして、ライフルを脇《わき》に持っている。

武器《ぶき》を捨《す》てないので、みんなは撃《う》つ構《かま》えを取った。するとビリーが言った。

「やめろ。撃《う》つ必要はない。もうこれ以上死者を増《ふ》やす必要はない。すでに敵《てき》は敗れている。やつは家に帰るんだから帰らせてやれ。もうオレたちを撃《う》とうという気もないさ。戦争は終わった、やつもそれを知っているんだ」

ビリーはドイツ兵に近づいていき、大きな声で言った。

「家に帰れ。もう終わりだ。戦争は終わった。こっちの気が変わらないうちに、さっさと行け」

それからビリーは拳銃《けんじゅう》を高く掲《かか》げ、銃弾《じゅうだん》がドイツ兵の頭上を越《こ》えるよう、宙《ちゅう》にむかって撃《う》った。ドイツ兵はただうなずき、ビリーの顔をつかのまじっと見つめると、ライフル銃《じゅう》を捨《す》てて、まわれ右をして歩きだした。

わたしたちはその場に立ちつくして、やつの背中《せなか》を見送りながら、殺さないでよかったとしみじみ思った。ビリーの言うとおり、ここでさらにひとり殺しても意味はないとわかっていたからだ。あの兵士が歩み去り、故郷《こきょう》へ帰るということは、わたしたちにとって、たったひとつの意味しか持たなかった。つまり戦争は永久《えいきゅう》に終わり、まもなく自分たちも家に帰れるということだ。

ビリーは腰《こし》をかがめて、からの薬莢《やっきょう》を地面から拾いあげた。「これがこの戦争でオレが撃《う》った最後の弾《たま》になる」とビリーは言った。「それも怒《いか》りで撃《う》ったのではなく、だれも殺さなかった。ずっと取っておこうと思う。忘《わす》れないために」

マルコアンの功績《こうせき》を讃《たた》えられて、ビリーはビクトリア十字勲章《くんしょう》を授与《じゅよ》されることになった。これはめったなことではもらえない。たいてい授与《じゅよ》される者は作戦実行中に命を落としている。

本来ならビリーも命を落としていておかしくはなかった。だが自分でいつも言っているように、彼《かれ》にはブリドリングトンで拾った幸運の石があり、幸運の女神《めがみ》が味方についていた。

それで一か月かそこら病院で静養すると、ふたたび元気いっぱいに回復《かいふく》した――まあ、無傷《むきず》というわけにはいかず、それ以来いつも片脚《かたあし》をひきずって歩くようになったんだが。いずれにしろ、健康を取りもどしたビリーはそれから数週間後、軍服をぱりっと着こなして、バッキンガム宮殿《きゅうでん》に赴《おもむ》き、国王ジョージ五世自らの手でビクトリア十字勲章《くんしょう》を胸《むね》にとめてもらった。

きみは国が誇《ほこ》る偉大《いだい》なる英雄《えいゆう》だと王は言った。しかしビリーは、それはちがいますと王に言った。「英雄《えいゆう》であるためには、勇敢《ゆうかん》でなくてはなりません。わたしは仲間たちと比《くら》べて、とりわけ勇敢《ゆうかん》だったというわけではありません」

王や国のために戦ったのではないと、ビリーは言いたかった。自分は小さなクリスティーンや仲間たちのために戦った。とにかく戦争を終わらせたいと、その一心で戦ったのだと。しかしそんなことを王に言う勇気はなかった。あのとき言っておけばよかったと、あとになってからずっと後悔《こうかい》することになるんだがね。

そこでおじさんはだまりこんだ。となりで母さんの寝息《ねいき》が聞こえ、まだぐっすり眠《ねむ》っているとわかった。お話が終わってしまうと――これでおしまいだとぼくは思っていた――ふいに闇《やみ》が迫《せま》ってきているように感じられた。お話を続けてほしいとぼくは願った。そうすれば身体を締《し》めつけてくるような闇《やみ》から気をそらせる。それでおじさんに聞いた。

「それで終わりですか?」

と、いきなり炎《ほのお》がゆらめき、車内が明るくなった。おじさんのあごの下から、マッチの火が顔を浮《う》かびあがらせた。おじさんはうっすらと笑《え》みを浮《う》かべていた。

「終わりだったら、どんなにいいか」おじさんが言う。「だがね、ぼっちゃん、残念ながら先があるんだよ。長い続きがね。でもマッチはあと三本しかない」

第二部終わり

マッチは残り三本……。

第三部

視線《しせん》で人を殺せる目

「お母さん、ぐっすり眠《ねむ》っているようだね」おじさんがこちらに身をのりだしてきて、ひそひそ声で言った。「起こすのはかわいそうだと思わないか？」

「寝《ね》てませんよ」

母さんが言って目をあけた。

「ひとことももらさず聞いていました。いいお話でしたね。これまでのところは。しかしこのビリーっていう、あなたのお友だちが、その後どうなったのか、戦争が終わったあとの話があるはずですよね」

マッチが燃《も》えつきそうだった。おじさんがマッチを持っている手を振《ふ》ると、ぼくらはまた真《ま》っ暗闇《くらやみ》のなかへ突《つ》き落《お》とされた。

「じゃあ、話しましょう」おじさんが言う。「ふたりとも、聞いてくれているか不安だったんです。ひとりごとになってしまってはつまりませんからね」

「ねえ、母さん。このトンネルのなかに、いつまでいなくちゃいけないの？」

ぼくは聞いた。また闇《やみ》がおそろしくなってきたのだ。マッチの火が消えたとたん、濃《こ》い闇《やみ》がわっと迫《せま》ってきて、真《ま》っ暗闇《くらやみ》になった。マッチはもうあと三本しか残っていない。

「あとどのぐらい？」

「出ても危険《きけん》がないとわかるまでかしらね」と母さん。「ここにいれば、あの飛行機は攻撃《こうげき》できないでしょ、バーニー？　家にいるのと同じぐらい安全よ」

母さんは言って、ぼくの手をぽんとたたいてから、しっかりにぎった。

「そうですよね？」おじさんに聞く。

「もっと安全ですよ」おじさんが答える。「このごろじゃあ、家のなかだって安全とは言えません――コベントリーに建っていた家をごらんなさい――おわかりですよね」

「ええ、それはもちろん」と母さん。「バーニーの父親はこのあいだの戦争でも従軍《じゅうぐん》したんです。あなたがたやビリーのように、塹壕《ざんごう》で戦いはしません。うちの夫はパレスティナへ行きました。そこで馬の世話に当たったたんです。あの人は馬のことならなんでも知っていて。ビッグ・ブラック・ジャックを、うちの人のように扱《あつか》える人間は、ほかにいません。

お父さんは馬の扱《あつか》いが上手なのよね、バーニー。うちの夫は馬とともに育って、父親が石炭を配達するのを手伝っていました。勲章《くんしょう》だっていくつか――あなたのお友だちがもらったビクトリア十字勲章《くんしょう》のような、たいそうなものではありませんけどね。でもそれも空襲《くうしゅう》で失ってしまいました。ほかのいっさいがっさいといっしょに。着の身着のままで出てきて、所持品と言えば、ほら、あなたの頭の上にあるスーツケース。あのなかに入っている細々《こまごま》としたがらくただけです。それでもわたしたちは生きている。コベントリーでは生き残ることもできなかった人々が大勢《おおぜい》います」

「おっしゃるとおりです」おじさんが言った。「どれだけの人が亡《な》くなったのか、正確《せいかく》なところはだれも知らない。数千人といった規模《きぼ》であるのはまちがいないでしょう」

「おそろしくて考えたくもありません」母さんが続ける。「こういう話はもうやめませんか？　幼《おさな》い子をおびえさせるのはよくないじゃありませんか？　ですから、戦争が終わって故郷《こきょう》に帰ってきたビリーの話をしてください。彼《かれ》はいまどこにいるんです？　バーニーの父親のように、今度の戦争でも従軍《じゅうぐん》しているんですか？　わたしはあの人に行ってほしくありませんでしたよ。もう四十を過《す》ぎているんです。年を考えてくださいと言ったんですが、聞いてくれなくて」

母さんは声をふるわせ、バッグの口をあけているらしい。ハンカチを取りだそうというのだろう。おじさんもそれに気づいたようで、すぐビリーの話の続きに入った。

「もちろんビリーは従軍《じゅうぐん》したかった」おじさんは言う。「だが、軍のほうが彼《かれ》を拒《こば》んだ。片脚《かたあし》をひきずるような身体ですからね。あの古傷《ふるきず》は結局完全には治らなかった。いずれにしろ年齢的《ねんれいてき》にも厳《きび》しく、軍役《ぐんえき》には不適《ふてき》と見なされた。それでもビリーは何度も何度も働きかけた。ビクトリア十字勲章《くんしょう》や、地上作戦における格別《かくべつ》な功績《こうせき》に対して与《あた》えられる功労賞なんかを振《ふ》りかざして見せた。それでもやっぱり聞き入れてもらえない。軍のほうから、きっぱりお断《ことわ》りされた。

わたしにはわかりました、生まれてこのかた何があろうとも、ビリーがこれほどうろたえたことはなかっただろうと。そして、うろたえて当然の理由が彼《かれ》にはあったんです。

ほんとうです。この国にいるほかのだれよりも、ビリーは今回の戦争で戦わなくちゃいけなかった。なぜかと言えば、この戦争が起きたのは自分のせいだと、ビリーは信じて疑《うたが》わなかったからです」

「どういうことですか？」母さんが聞いた。「そんなばかな話がありますか？　今度の戦争は、あのいまいましいアドルフ・ヒトラーが起こした。そんなことはだれだって知っています」

おじさんはしばらく口をつぐんで、どう答えようか考えあぐねているようだった。

「まあ、そうなんですけどね」とおじさん。「じつはそこが問題なんです。事のてんまつを、できるだけ詳《くわ》しく話してお聞かせしましょう。どういう経緯《けいい》を経《へ》て、わたしたちはいまトンネルのなかにいるのか、なぜまた戦争が起きて、それにビリーがどう関係しているのか」

それからおじさんは長いことだまっている。どう説明したらいいか、じっくり考えているようだったが、やがてまた話しだした。

この前の戦争が終わってみると、英国陸軍全体を見わたして、最も多くの勲章《くんしょう》を授与《じゅよ》された二等兵がビリーだった——偉大《いだい》なる英雄《えいゆう》で、あれもこれも彼《かれ》の功績《こうせき》だともてはやされるようになった。そりゃもう大騒《おおさわ》ぎだったが、ビリーとしては、ただそっとしておいてほしかった。〝勇者のなかの勇者〟なんて新聞はもてはやしたものの、自分はそんなもんじゃないと彼《かれ》は知っていた。勇者のなかの勇者は戦場から生きてもどって勲章《くんしょう》を身につけたりしない。ビリーは、王と大勢《おおぜい》の国民が見まもるなか、無名戦士の棺《ひつぎ》をウェストミンスター寺院に運ぶ役をたのまれたこともあった。勲章《くんしょう》を胸《むね》につけて町を練り歩いたこともある。彼《かれ》は全陸軍の誇《ほこ》りだったし、彼《かれ》の属《ぞく》する連隊も、仲間たちも、鼻高々だった。

しかしビリーには誇《ほこ》らしさなど微塵《みじん》もなかった。ことあるごとに、戦場での殺戮《さつりく》や死を思いだす。きっかけは、身のまわりにいくらでもあった。通りのすみで、片脚《かたあし》をなくしたか、盲目《もうもく》になったか、あるいはその両方に苦しむ兵士が物ごいをしているのを目にしたり、喪服姿《もふくすがた》の女性《じょせい》とすれちがったりするたびに、思いだしたくないことがいっせいによみがえってくる。

戦争が終わってもしばらくビリーは陸軍に残っていた。軍隊の仲間は家族だったから、離《はな》ればなれになりたくなかったんだ。けれどしまいにはビリーもわかってきた。そろそろ戦争を過去《かこ》に追いやって、前へ進まなきゃならないってね。それに新聞記者やなんかがインタビューと称《しょう》していつもうるさくつきまとってきた——ああいう連中は彼《かれ》のような人間をほっとかない。陸軍のほうでは、ずっといてくれと何度もたのんできたが、ビリーはもう十分だと思った。軍服を返して、陸軍を去ったよ。記念の品をほんの少しだけ手元に残した。戦時中に集めた細々としたものを大きなビスケット缶《かん》にかくしておいたんだ——仲間たちの写真、勲章《くんしょう》、幸運の黒玉、あのマルコアンの戦いのあとドイツの将校《しょうこう》からわたされた拳銃《けんじゅう》と、からの薬莢《やっきょう》。どうしても手放したくないものがあったんだな。

それでもビスケット缶《かん》のなかを見ることはほとんどなかった。過去《かこ》は忘《わす》れて、前へ進みたかったんだろう。しかしそれと同時に、忘《わす》れたくないこともあった。スケッチブックもそのひとつで、そこに描《か》かれたたくさんの思い出はいつまでも胸《むね》にしまっておきたかった。

結局ビリーはホテルにもどることにした。仕事を見つけるのは難《むずか》しくて、無職《むしょく》よりはホテルの仕事でもあったほうがいいと思ったんだ。ところが行ってみればホテルは閉鎖《へいさ》されていた。それでコベントリーの自動車工場に職《しょく》があると聞いて行ってみたら、運よく採用《さいよう》された。以来ビリーは仕事に打ちこもうと努力した。

ところが頭のなかにはまだ戦争が居《い》すわっていて、さまざまな光景や音やにおいがよみがえるたびに、悲しみにおぼれそうになる。戦争で戦った者はみなそうだ。忘《わす》れない。忘《わす》れられない。忘《わす》れたくても忘《わす》れられないんだ。ビリーは毎晩床《まいばんとこ》についても眠《ねむ》れなかった。目をつぶると、あの小さな女の子のまなざしが頭に浮《う》かんできて、気がつくと声に出《だ》して女の子の名前を言っている――クリスティーン、クリスティーンってね。しょっちゅう彼女《かのじょ》の絵を描《か》き、描《か》きながら、あの子はあれからどうなっただろうと思っている。戦争を無事生きぬいたか。どこか暮《く》らせる場所、世話をしてくれる人を見つけただろうか。

戦争にまつわる絵を描《か》くのはやめようと思い、ビリーはそれからよくコベントリーの町を歩いて、町の人々や通りで遊ぶ子どもたち、猫《ねこ》や聖堂《せいどう》やハトをスケッチするようになった。

とりわけハトの絵を描《か》くのが好きだった。だがハトがいつも群《むら》がっている聖堂《せいどう》の前にすわってスケッチブックを広げていると、どういうわけかビリーの手は戦車や銃《じゅう》や野戦病院を描《か》いている。それにクリスティーン。気がつくと、あの幼《おさな》いクリスティーンを描《か》いていた。

自動車工場では当然ながらうわさが広まった。あのビリー・バイロンは戦争のちょっとした英雄《えいゆう》だって――新聞で顔写真を見て覚えていたやつがいたんだ。それでしばらくは特別扱《あつか》いされていた。ただ工場で働く人たちの多くはビリーと同じように、実際に戦場で戦った経験の持ち主だから、できるものなら戦争のことは思いだしたくなかった。だから、職場《しょくば》にビクトリア十字勲章《くんしょう》をもらった人間がいるという騒《さわ》ぎが一段落《だんらく》ついて、ビリー本人はまじめに仕事をして静かな生活を送りたいのだとわかると、もうみんな、勲章《くんしょう》がどうのこうのと騒《さわ》ぐことはなくなった。ビリーにはそれがありがたかった。彼《かれ》はただ、そっとしておいてほしかったんだ。

それから数年、職場《しょくば》で働いていても、家に帰っても、ビリーは気がつくと幼《おさな》いクリスティーンのことを考えていた。生き残ったのか？　あのあとどうなった？　それをどうしてもつきとめないといけない気分になる。戦場だったフランスやベルギーにはもどりたくない。あそこの人たちとまた会うのはつらい。けれど、クリスティーンをさがすには、最後に彼女《かのじょ》を見た場所から始めるしかないのもわかっていた。

それで一九二四年の夏、一週間の休暇《きゅうか》をもらったビリーは、ベルギーのイープルに旅立った。もうずいぶん昔、クリスティーンを最後に見たポペリンゲの野戦病院をさがすつもりだった。

2

玉砂利《たまじゃり》敷《じ》きの通りを歩き、あちこちのカフェにすわり、どこへでも足をむけてさがした。思ったとおり、そう簡単《かんたん》には見つからない。クリスティーンもそうだし、野戦病院も。そもそも病院がどこにあったのか、記憶《きおく》もあやふやだった。

町は再建《さいけん》のさなかにあって、昔とはがらりと変わっている。変わっていないのは、町の中央にある広場と、そこに軒《のき》を連ねるカフェだけだ。ビリーは行く先々でクリスティーンの絵を見せた。近辺の村をかたっぱしからめぐり、クリスティーンという名の幼《おさな》い孤児《こじ》の女の子を知らないかと聞いてまわった。ビリーが足をむけるところには、必ずと言っていいほど墓地《ぼち》があって、おびただしい数の十字架《じゅうじか》が列をなして並《なら》んでいた。

ハロルド・マートンの墓《はか》があったので、雨のなか、その前に立ちつくし、彼《かれ》のことを考える。顔が思いだせない。けれどハロルドが死んだ瞬間《しゅんかん》のことは覚えていた。目をむければ、そこかしこに塹壕《ざんごう》や弾痕《だんこん》があり、多くの家々はまだ瓦礫《がれき》の山に埋《う》まっていた。それでもあちこちで、みんながせっせと町を建て直していて、かつては塹壕《ざんごう》と鉄条網《てつじょうもう》と泥《どろ》しかなかった荒《あ》れ地《ち》に、いまは草が生えそろってきて、それを牛や羊が食《は》んでいる。そういう光景を見れば元気が出てくる。胸《むね》に希望もわいてきた。

けれどもクリスティーンのことを知っているという人はどこにもおらず、絵を見てぴんとくる人もいなかった。がっかりしたけれど、無理もないとビリーには思えた。絵は写真とはちがう。それにビリーが描《か》いたクリスティーンはどれも幼《おさな》い少女の姿《すがた》をしている。いまのクリスティーンは小さな女の子ではないのだ。

休暇《きゅうか》の最後の日はイープルの中央広場に足をむけた。カフェでグラス一杯《いっぱい》のビールをたのんで外の席で飲んだ——戦時中に飲んだビールの味は忘《わす》れられない。卵《たまご》と魚のフライとビールという食事は、兵士時代の唯一《ゆいいつ》幸せな記憶《きおく》だった。

ビリーはスケッチブックをひっぱりだした。足元からこちらをじっと見上げている猫《ねこ》の絵を描《か》きだしたとき、ふと肩《かた》ごしにだれかがのぞいているのに気づいた。ウェイトレスだった。かたことの英語で、あなたは画家ですかと聞いてくる。

「いや、そうじゃないんだ」ビリーが言うと、スケッチブックのページが風にあおられてぱらぱらめくれ、今朝描《か》いたばかりの絵があらわになった。担架《たんか》の上に横たわるクリスティーンの絵。最後に彼女《かのじょ》を見たときの絵で、一番下に名前が記してある。

ウェイトレスは腰《こし》をかがめ、顔を近づけてまじまじと絵を見た。

「このクリスティーンというのは？」

「昔出会った、小さな女の子です」ビリーは言った。「ずっと昔、戦時中のことです。たぶんみなしごだったと思います。そのときぼくは兵士だった。自分がこの子を病院に運んだんです」

ウェイトレスはスケッチブックのページをめくりながら、クリスティーンの描《か》かれた絵を穴《あな》のあくほどじっくり見つめ、見れば見るほど興味《きょうみ》がわいてきたようだった。それから、そっと言った。

「ずいぶんたくさんありますね。たぶんわたし、この子のこと、知ってると思います。わたしの記憶《きおく》が正しければ、戦争が終わったあと、修道院《しゅうどういん》が開設《かいせつ》していた学校に彼女《かのじょ》といっしょに通いました。そう、クリスティーンという名前だった。クリスティーン・ボネ。まちがいありません。本人そっくりだわ、上手な絵です」

「あなたの知り合い！」ビリーは言った。「彼女《かのじょ》はどこにいるんです？　どこに住んでいるのか、ご存《ぞん》じなんですか？」

「住んでいる場所はわかりません。もうずいぶん連絡《れんらく》もとだえているので。ただいっしょに通っていた学校で、いまは先生をしていると思います。たぶん、まだそこにいるんじゃないかしら？」

その日の午後ビリーは、言われた学校の校門の外で待っていた。自転車を引いてこち

sakamoto nao,

らへ歩いてくる女の人を見て、すぐにクリスティーンだとわかった。

「こんにちは、クリスティーン」ビリーが声をかけた。「きみはぼくのことを覚えていないよね」

なんとかうまく説明しようと思ったが、口から勝手に言葉があふれだして、しどろもどろになった。最初クリスティーンはあっけにとられていた。それから、あなたのことはよくわからないけれど、ある兵隊さんに抱《だ》きかかえられて、野戦病院まで運んでもらったのは覚えていると言った。病院で医者から治療《ちりょう》を受けたあと、修道院《しゅうどういん》で戦争が終わるまでめんどうを見てもらったと言う。そんな話をしながらふたりは歩いた。ビリーはとうとう、クリスティーンを見つけた。

長い話をはしょって言えば、ビリーはそれから毎年夏になると、クリスティーンに会いにいき、数年後には、クリスティーンがビリーに会いにコベントリーへやってきた。ふたりは結婚《けっこん》して幸せになった。もちろんどちらも胸《むね》に悲しみをかかえてはいる。ふたりとも家族はいなくて、互《たが》いの存在《そんざい》が心のなぐさめになった。

しばらくするとクリスティーンはコベントリーの学校で教職《きょうしょく》に就《つ》いた。そこで教えた子たちは、彼女《かのじょ》の母語であるフラマン語で十まで数を数えることのできるイギリス最初の子どもだと、クリスティーンが自慢《じまん》げに語るようになった。

ふたりは自分たちの子どもも欲《ほ》しいと思ったが、それは実現《じつげん》しなかった。それでもビリーとクリスティーンは心から満足していた。多くの人が亡《な》くなったなか、ふたりともに生きていて、帰る家があり、通える仕事場がある。そして何よりも、たよれるパートナーがいる。

しかしそれから、昔の戦争がもどってきてビリーに取りついた。それも彼《かれ》がまったく予想も想像《そうぞう》もしない形で舞《ま》いもどってきた。


おじさんはそこで口をつぐみ、深く息を吸《す》った。まるでその先を話したくないかのようだった。

「ビリーは取りつかれたの？　おばけが出てくるの？」ぼくは聞いた。「おばけの話、好きなんだ」

「よけいなことを言わないの」母さんが言う。「話の腰《こし》を折っちゃだめよ」

「ちがうんだ、ぼっちゃん」おじさんが続ける。「残念だけど、この話におばけは出てこない。でも、生きているおばけに取りつかれたと、そう言えるかもしれない。始まりは映画館《えいがかん》だ。クリスティーンとビリーは映画《えいが》が大好きだった。一番の娯楽《ごらく》でね。何かというと映画館《えいがかん》に足をむけた——ふたりとも冒険映画《ぼうけんえいが》がお気に入りだった。クリスティーンはダグラス・フェアバンクス・ジュニアっていうハリウッド映画《えいが》の大スターに夢中《むちゅう》だった」

「わたしも彼《かれ》のファンなんです」母さんが言う。「正統派《せいとうは》のハンサムですよね」

「クリスティーンもまったく同じことを言っていました」おじさんが先を続ける。

クリスティーンは彼《かれ》の出演作《しゅつえんさく》はすべて見ないと気がすまない。ある土曜日の午後、ふたりはロキシーという映画館《えいがかん》の前を通りかかり、ポスターに彼《かれ》の名前が出ているのを見た。〝ダグラス・フェアバンクス・ジュニア主演《しゅえん》、ロビンソン・クルーソーの冒険《ぼうけん》〟。それでその場でチケットを買って映画館《えいがかん》のなかに入った。

なかは暗かったから、係の女性《じょせい》に座席《ざせき》まで案内してもらう。スクリーンにはすでに二ュース映像《えいぞう》が映《うつ》っていた。と、客席から口をそろえたように、やじの声がどっとあがり、冷やかしの口笛やあざけりの言葉が響《ひび》きわたった。

ビリーとクリスティーンは座席《ざせき》に腰《こし》をおろしたとたん、その理由がすぐわかった。スクリーンに映《うつ》っているのは、ドイツの総統《そうとう》、アドルフ・ヒトラーで、例によって全身に興奮《こうふん》をみなぎらせて熱弁《ねつべん》をふるっていた。ほとばしる感情を、おさえられないといった様子で、声をかぎりに演説《えんぜつ》をぶっている。ビリーはラジオから流れる彼《かれ》の声を頻繁《ひんぱん》に聞いていて――みんな聞いていた――そうしてそのたびに、こういうものを聞かされるクリスティーンのつらさを思い、ラジオの電源《でんげん》を切るのだった。しかし映画館《えいがかん》ではそういうわけにもいかない。ともに座席《ざせき》にじっとすわって、いやでもスクリーンから流れる声を聞いていなければならない。

何を言っているのか、もちろん正確《せいかく》なところはわからない。しかし、あのきんきんがなり立てる声と、目に燃《も》える憎悪《ぞうお》、そしてにぎりしめたこぶしを宙《ちゅう》に突《つ》きあげるしぐさから、ふたりにも客席を埋《う》める人たちと同じように、だいたいのところはわかった。

大きなたいまつを焚《た》いて行われる決起集会。映画館《えいがかん》の観客はもう何度も見ていた。ヒトラーが軍服を着て演壇《えんだん》に立っている。そのまわりを埋《う》めつくす何千何万という兵士は、ずっと昔にビリーが戦場でいやというほど見てきた石炭バケツでつくったヘルメットをかぶっている。スクリーンに映《うつ》る聴衆《ちょうしゅう》は、一語も聞《き》き逃《のが》すまいという顔で演説《えんぜつ》に真剣《しんけん》に耳をかたむけており、まるで催眠術《さいみんじゅつ》か何かにかかっているようだった。

まもなく聴衆《ちょうしゅう》から賛同《さんどう》の声がどっとあがった。ほとんど熱狂《ねっきょう》と言っていい崇拝《すうはい》ぶりだ。割《わ》れるような歓声《かんせい》があがったかと思うと、会場を埋《う》める全員が腕《うで》をぴんと前に伸《の》ばすナチス式の敬礼《けいれい》をした。壇上《だんじょう》に立つヒトラーは、自分にむけられる山ほどの敬意《けいい》を余《あま》すところなく受けとめ、聴衆《ちょうしゅう》の熱愛に存分《ぞんぶん》にひたっている。ベルトに親指をひっかけて、わが手中に収《おさ》めた民衆《みんしゅう》の群《む》れをにらみおろす姿《すがた》は、ローマ皇帝《こうてい》さながらだ。

映像《えいぞう》を見まもるビリーとクリスティーンは、心臓《しんぞう》まで冷えていく心地《ここち》がした。ヒトラーは群衆《ぐんしゅう》にむかって手を払《はら》い、いったん静かにさせてから、また演説《えんぜつ》の先を続け、文と文の合間に必ず大げさな身ぶりを入れて強調する。しかしロキシー劇場《げきじょう》にいるその日の観客をだまらせることはできなかった。みな声をあげてヒトラーを笑い飛ばし、彼《かれ》の物まねをしてやじを飛ばす。しばらくするとビリーとクリスティーンもいっしょになって笑った。ほかのみんなを見ならって、支配欲《しはいよく》に取りつかれた狂信者《きょうしんしゃ》におびえるのはもうやめようと心を決めたのだ。

それから——まったく突然《とつぜん》だった——ニュースの音声がとぎれ、映像《えいぞう》だけになった。スクリーンに大映《おおうつ》しになった、声を奪《うば》われたヒトラーの顔。怒《いか》りにゆがんだ顔が、口を動かして憎悪《ぞうお》の言葉をはきだしている。どういうわけだか、声が聞こえないほうがなおさらおそろしく思えた。

館内がしんと静まりかえる。ビリーは声など聞かなくても、スクリーンを見ているだけで、ヒトラーの言っていることが、その心の内にある考えが、手に取るようにわかった。あの顔がすべてを語っている。あの黒い目が、こちらにむけられた刺《さ》すようなまなざしが、すべてを語っている。その目はいまビリーをまっすぐ見つめていて——自分ひとりを見つめているようだった——その奥《おく》に悪意が燃えているのが見える。まさしく視《し》線《せん》で人を殺せる目だった。

目と目が合った、まさにその瞬間《しゅんかん》、ビリーはこの男と以前に会ったことがあると直感した。スクリーンで見たのではない。じかに顔を合わせている。そうしてスクリーンの男が手のひらで額《ひたい》にかかった髪《かみ》を払《はら》いのけたとたん、それがだれなのか、どこで会ったのか、ふたりのあいだに何があったのか、いっぺんに思いだした。

クリスティーンはビリーの腕《うで》にしがみつき、スクリーンから目をそむけてビリーの肩《かた》に頭を押《お》しつけている。クリスティーンだけでなく、館内にいるすべての人が妻《つま》と同じ気持ちでいるのだとビリーは気づいた。あらゆる人々が恐怖《きょうふ》にがんじがらめになって、身も心も凍《こお》りついている。もうだれも口笛を吹《ふ》かないし、やじも笑い声も響《ひび》かない。まるで館内にいるすべての人が息をつめて、この先の展開《てんかい》に覚悟《かくご》を固めているかのようだった。まちがいなく、これからおそろしいことが起こる。しかしそれをとめる手立てはない。この男ヒトラーは、口にしたことを必ず実現《じつげん》させると、みな知っていた。

しかしビリーはそれ以上のことも知っていた。スクリーンに映《うつ》るヒトラーの目に吸《す》い寄《よ》せられるように、ビリーはそこから視線《しせん》をはずすことができない。そうしながら心の内でずっと首をかしげている。まさか、そんなことがほんとうにあるだろうか。しかしその目を見れば見るほど、自分の心に浮《う》かんだ考えがほんとうであると確信《かくしん》が持ててくるのだった。まちがいない。世界を戦争に追いこんだあの男が、いまああやって憎悪《ぞうお》をはきだしていられるのは、ずっと昔、自分が彼《かれ》の命を救ったからだ。マルコアンの戦闘《せんとう》のあとで。


おじさんはそこでだまりこんだ。汽車がかすかな音を立てる。まるで汽車もいっしょに話を聞いていて、ほっと一息ついたかのようだ。もしかしたら汽車も、もっと先を聞きたいと思っているのかもしれない。しんと静まりかえった客車のなかで、ふたたびぼくのまわりに闇《やみ》が迫《せま》ってきた。思わず母さんの手をつかんで、ぎゅっとにぎりしめた。

「そんなばかな！」母さんが言う。「そんな話を信じるんですか？」

「ビリーが信じるなら」おじさんが言う。「わたしも信じますよ」

「あの、マッチをつけてもらえませんか？」ぼくはおじさんに言った。「目の前がどんどん暗くなってきてる」

おじさんがマッチ箱をいじる気配がして、箱のすべる音がした。ぼくは早く早くと祈《いの》るような気分だった。

「じゃあ、つけるよ」おじさんが言って、一回、二回とマッチを擦《す》る。けれども火はつかない。「三度目の正直だ」

するとこんどはほんとうについた。炎《ほのお》がぱっと燃《も》えあがり、おじさんの顔が明るく照らしだされ、光が闇《やみ》を追《お》い払《はら》った。

——3

「ほら、バーニー」母さんが言う。「大丈夫《だいじょうぶ》でしょ？　何も怖《こわ》いことはないのよ」けれども、またすぐ大丈夫《だいじょうぶ》じゃなくなるのはわかっていた。早くもマッチの軸《じく》は短くなってきている。まもなく、また闇《やみ》がもどってきた。

「よろしければ、お話を続けてもらえませんか」母さんが言った。「バーニー、あなたも聞きたいわよね？　きっと気分が楽になるわ」

「そうおっしゃるなら」おじさんは言って、また話を続けた。

ビリーはもう映画《えいが》などどうでもよくなった。席を立って出口にむかって歩きだした。そのあとにクリスティーンも続く。通りに出てから家に帰るまで、ビリーはひとこともクリスティーンに話しかけない。家に着くと、夕方から夜までずっといすにすわって暖《だん》炉《ろ》の火を見つめ、やっぱりひとこともしゃべらない。夕食にもまったく手をつけなかった。

こういうときには、「どうしたの？」などと聞いてはいけないとクリスティーンのほうも心得ていた。ときどきビリーはこうなることがあった。「気分屋でね」などと、気分が晴れたあとで冗談《じょうだん》めかして言う。彼《かれ》はそれを〝ふさぎの虫〟のせいにしていた。こういう状態《じょうたい》のときは、ひとりで放っておくのが一番だった。いつになるかはわからないが、そのうちまたいつものビリーにもどる。いまとなってはクリスティーンも慣《な》れたものだった。戦争の記憶《きおく》に苦しんでいるのだと痛《いた》いほどにわかり、少しでも元気づけようといろいろ手をつくしてみる。けれど何をやっても効《き》かないようだった。

今回はいつもとは何か事情《じじょう》がちがうとクリスティーンにもわかった。ビリーのふさぎの虫は来る日も来る日も出ていかず、何週間も居《い》すわった。あまりに長いのでさすがにクリスティーンも、もうもとのビリーにはもどれないのではないかと心配になってきた。医者に診《み》せるべきかとも思ったが、それは言えない。そうでなくても十分動揺《どうよう》しているのに、そんな提案《ていあん》をすれば、ますますビリーがうろたえる。

一か月ほどが過《す》ぎたある夜、とうとうビリーはクリスティーンに、自分がふさいでいる理由を話して聞かせた。ベッドにふたり並《なら》んで横になりながら、どちらも相手が眠《ねむ》れずにいるのだとわかって、ビリーがその話を持ちだしたのだ。

「クリスティーン、あれは彼《かれ》だった」ビリーが言う。「ロキシーの映画館《えいがかん》で、あの夜スクリーンに映《うつ》っていた。まちがえようがない。あの目を見れば、どこであろうと彼《かれ》だとわかる。忘《わす》れようったって忘《わす》れられない。もう何年も前に戦場でむけたのと同じまなざしを、あのニュース映像《えいぞう》のなかから、ぼくにむけてきた。手のひらで額《ひたい》から髪《かみ》を払《はら》いのけるあのしぐさを見ただろう？　あれは彼《かれ》の癖《くせ》だ。あんなふうなしぐさをする人間をほかに見たことはない。あれは彼《かれ》だ。まちがいない。あれはヒトラーだ」

夫が何を言っているのか、クリスティーンにはわからなかった。もう十年以上もいっしょにいるけれど、ビリーはめったに戦争のことは口にしなかった。それはクリスティーンも同じだ。夫が勲章《くんしょう》をもらったことはもちろん知っている。そのころ夫がどれだけ有名だったかも。それをクリスティーンは本人以上に自慢《じまん》に思っていた。けれども実際《じっさい》に勲章《くんしょう》を見たことはないし、見せてほしいとたのんだこともなかった。勲章《くんしょう》はほかの記念品といっしょにかくしてあり、このごろではふたりの会話に戦争が登場することはほとんどなかった。

あのおそろしい時代のことを話せば、おそろしい記憶《きおく》がもどってくるだけだ。ふたりともそういう記憶《きおく》がいつか完全に消えることを望んでいた。未来に目をむけて、過去《かこ》のことは忘《わす》れたい。結婚《けっこん》して数年を経《へ》るうちに、戦争のことは口にしないのが、ふたりのあいだで暗黙《あんもく》のルールになっていた。それがここに来て初めて、ビリーが戦争のことを口にした。

「きみに話しておかなきゃいけないことがある。それと見せたいものも」

そう言うと、ビリーは明かりをつけてベッドから出て、ベッドの下からビスケット缶《かん》をひっぱりだした。戦争にまつわるわずかな記念品がそこにしまってある。仲間たちの写真、マルコアンの戦いに敗れて降伏《こうふく》したドイツ人将校《しょうこう》からわたされた拳銃《けんじゅう》、ブリドリングトンで拾った黒玉――ポケットのなかにあって彼《かれ》の命を守ってくれた幸運の石だ。そこには勲章《くんしょう》も入れてあり、さらには、あの戦争で最後に放った銃弾《じゅうだん》の、からの薬莢《やっきょう》も入っていた。これであのドイツ兵の頭上に威嚇射撃《いかくしゃげき》をした。あのときは見知らぬドイツ兵だったが、いまはちがう。

ビリーはベッドの上の、クリスティーンの目の前に勲章《くんしょう》を並《なら》べて見せた。

「これはビクトリア十字勲章《くんしょう》。そんなたいそうなものには見えないだろ？　ほかの勲章《くんしょう》のように、ぴかぴかしていない。飾《かざ》り気《け》のない古いリボンに見えるよね。なのに、みんなはこれに大騒《おおさわ》ぎしている。王さまじきじきに胸《むね》につけてくれた。戦争が終わりに近づいたころ、ぼくはマルコアンっていう小さな村の近くで戦った。その戦功を讃《たた》えてということなんだけどね。ぼくが行ったときには、村はもうほとんど残っていなかった。そこらじゅうで戦いが繰《く》り広《ひろ》げられていて、ぼくも仲間も、やるべきことをやったというだけだ。

死者やけが人が多数出て、ぼくらのほうからも出たけれど、ドイツ軍のほうが多い。こちらは捕虜《ほりょ》を数十人確保《かくほ》した。

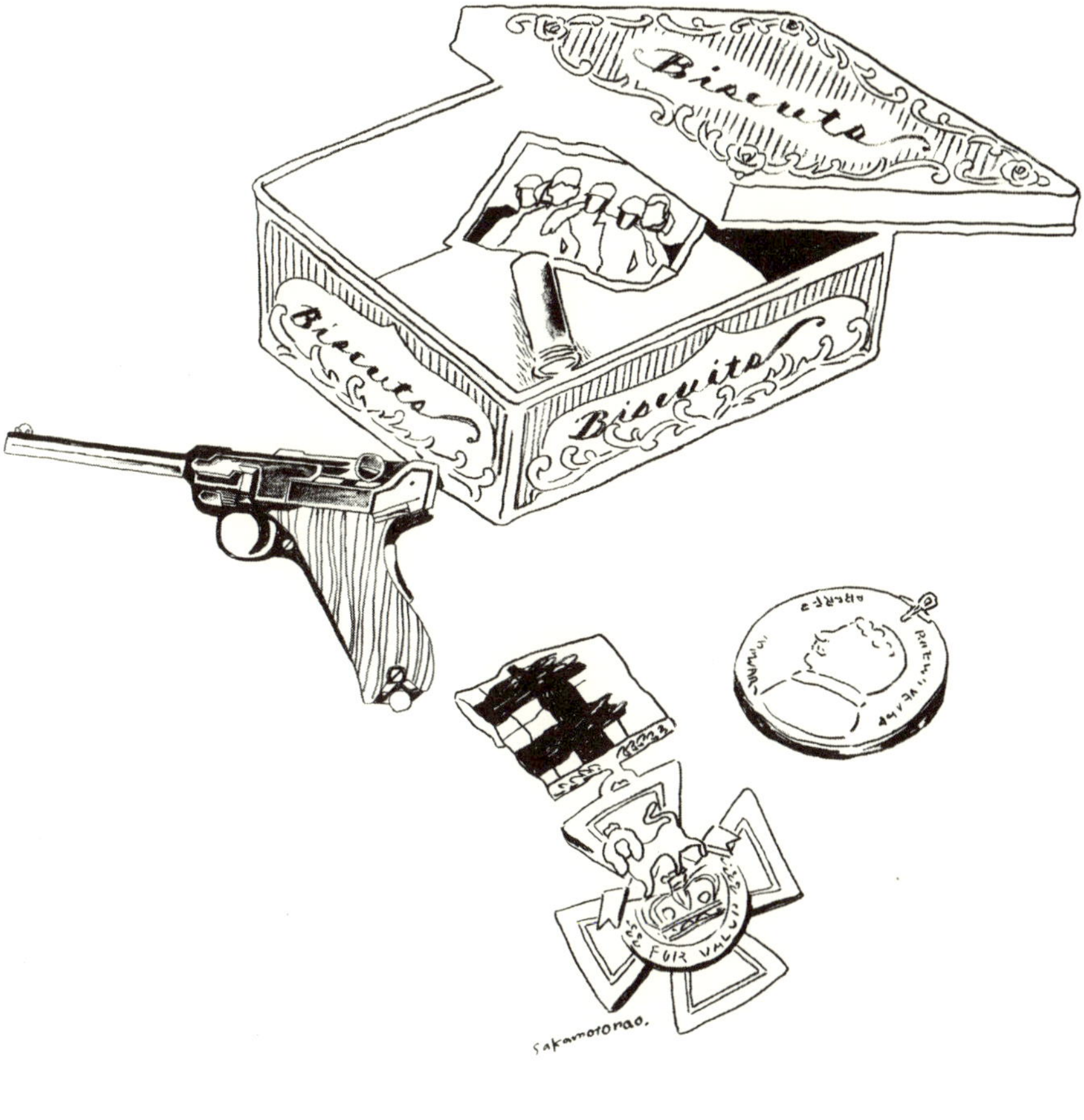
Biscuits
Biscuits
Biscuits
Biscuits
sakamotonao.

それはともかくとして、突然《とつぜん》目の前に、このドイツ兵が現《あらわ》れた。煙《けむり》が晴れたと思ったら、二十メートルも離《はな》れていないところに、手にライフル銃《じゅう》を持った男が立っていた。仲間には、撃《う》つなと言った。男がこちらを撃《う》ってくるようには見えなかったから。それでぼくらはじっと男を見ていて、男もこちらをじっと見ていた。

みんなしーんとしていたよ。戦闘《せんとう》のあとっていうのは、おそろしいほど静かなんだ。だれも微動《びどう》だにしない。筋肉《きんにく》ひとつ動かさない。ドイツ兵もそうだった。だれひとりしゃべらず、みな夢《ゆめ》のなかにいるような感じでつったっていた。自分が目にしている光景が現実《げんじつ》のものではないように感じられた。

それからぼくはこの拳銃《けんじゅう》をつかって宙《ちゅう》に発砲《はっぽう》し、ドイツ兵に手を払《はら》って、帰れと言った。相手はぼくにうなずくと額《ひたい》から髪《かみ》を払《はら》い、帰っていった。

あれが〝彼《かれ》〟だったんだよ、クリスティーン。アドルフ・ヒトラーだ。誓《ちか》ってもいい。あの夜映画館《えいがかん》のスクリーンで見た目。あれはあのときのドイツ兵と同じ目だ。あのヒトラーという男は、ほかの人間とはちがう独特《どくとく》の目つきをする。こちらの心を見透《みす》かすかのように、刺《さ》すような視線《しせん》をむけてくる。

それとまったく同じ目つきであのドイツ兵が、ぼくを見たんだ。あの目は決して忘《わす》れられない。まちがいない、彼《かれ》だよ。

ねえクリスティーン、これがどういうことだかわかるかい？　ぼくはあのとき、彼《かれ》をその場で射殺《しゃさつ》することができた。永遠《えいえん》にこの世から消すことができた。それなのに、いまあの男はまた別の戦争にぼくら全員をひきずりこもうとしている。きみも日々耳にしている。やつはそういう人間なんだ」

クリスティーンは言葉をつくして説得にかかった――まったくの別人かもしれない、ただ姿形《すがたかたち》が似《に》ているというだけの。ずいぶん昔の話なんだから、記憶《きおく》のいたずらということもある。そんなふうに考えていたら、あなたが病気になってしまう。それにまた戦争が起きるかどうかなんて、わからない。だれにもわからないことでしょうと。

それから数週間、ビリーは妻《つま》の言うことが正しいのだと、自分に必死に言い聞かせた。実際《じっさい》そうであればどれだけいいか。妻《つま》の言うことが真実であることを世界中のだれよりもビリーは強く願った。自分の思いこみをそっくり頭のなかから追いだそうと懸命《けんめい》に努力した。しかし結局は徒労に終わった。

映画館《えいがかん》で見たニュース映像《えいぞう》が頭のなかで何度も再生《さいせい》される。ラジオからあの声が流れるたびに、ニュース映像《えいぞう》であの姿《すがた》を目にするたびに、自分の考えが正しいことが裏付《うらづ》けられていく。新聞で写真を見つけて、あの目をのぞきこむたびに、これはもう絶対《ぜったい》にまちがいないと思えるのだった。

そんなことはない、あり得ないと、どれだけクリスティーンが強く言ってもビリーは耳を貸《か》さず、まちがいなく彼《かれ》だと言って聞かない。しまいにはビリーの心を変えるのは無理であることがクリスティーンにもわかってきた。

しかし、それがほんとうに彼《かれ》だったとしても、あなたは悪くないとクリスティーンは訴《うった》えた。あなたは、あのとき自分が正しいと思ったことをしたまでだと、クリスティーンはそう言う。慈悲《じひ》の心を見せるのは大切なことで、たとえ相手が敵《てき》であっても、それは同じなのだと。いずれにしろ、自分が命を助けた男が怪物《かいぶつ》になるなんてことはだれにも予想できない。

けれど、クリスティーンに何をどう言われようと、ビリーには自分が正しいことをしたとは思えなかった。最後に残されたかすかな希望にビリーはしがみついた。あのときのドイツ兵は単なる人違《ひとちが》いかもしれない――小柄《こがら》で黒い髪《かみ》を生やし、手のひらをつかって、額《ひたい》から髪《かみ》を払《はら》う妙《みょう》な癖《くせ》と、人の心を見透《みす》かすような黒い目を持った、また別の男。きっとそうだ、そうにちがいない。クリスティーンの言うことが正しいのだと、彼《かれ》は自分に何度も言い聞かせた。記憶《きおく》がいたずらを仕掛《しか》けているのだ。これまでに何度も自分に言い聞かせてきたように、結局のところ、あれはもう遠い昔のできごとなのだから。

ところがやがて、そのかすかな望みさえも絶《た》たれてしまうことになった。ある朝、本を返しに図書館に行ったビリーは、歩きながらたまたまある棚《たな》に目をやったところ、『アドルフ・ヒトラー』というタイトルを見つけてしまった。

本をひっぱりだして、ぱらぱらとめくってみる。なかほどの数ページに写真がのっていた。一枚《いちまい》見るごとに心臓《しんぞう》の鼓動《こどう》が速くなっていき、うち一枚《いちまい》はとりわけそうだった。

それは戦時中に撮影《さつえい》されたドイツ人兵士の集合写真で、みなぼうしをかぶってカメラの前でポーズを取っている。レンガの壁《かべ》を背景《はいけい》に、笑顔《えがお》の兵士はひとりもおらず、全員がまっすぐカメラを見つめている。

ビリーはすぐに、アドルフ・ヒトラーを見つけた。集団《しゅうだん》から少しだけ距離《きょり》を置いて、うしろのほうに立っている、一番小さな男。

あのドイツ兵だ。ビリーが温情《おんじょう》を示《しめ》したために生き残った兵士。アドルフ・ヒトラー伍長《ごちょう》。いまとなってはまったく疑《うたが》う余地《よち》がない。あれはやはりヒトラーだった。

第三部終わり

マッチは残り二本……。

第四部

雪のなかのワシ

本をかかえて図書館から家へ帰る道すがら、ビリーは駅前で新聞を売るスタンドの前を通りかかった。新聞売りの少年が見出しを大声で叫《さけ》んでいる。

「ヒトラー、オーストリアに侵攻《しんこう》！　ヒトラーがオーストリアに攻《せ》めこんだ！」

ビリーは通りに立ちつくした。こうなったのは自分の責任《せきにん》だと、いまではっきりわかっていた。過去《かこ》にも未来にも、アドルフ・ヒトラーが引き起こしたことの責任《せきにん》はすべて自分にある。二十年前のあのとき、マルコアンの戦いで殺していれば、こういう事態《じたい》は避《さ》けられた。それを自分はしなかった。いまではだれもが知っているように、ビリーにもわかっていた。遅《おそ》かれ早《はや》かれ、ヒトラーは攻撃《こうげき》の矛先《ほこさき》をイギリスにむける。わからないのは、それがいつになるか、それだけだった。

「実際《じっさい》、彼《かれ》の予想は当たった。そうですよね?」母さんが闇《やみ》のなかからふいに声をあげた。また眠《ねむ》ってしまったと思っていたのに、そうではなかった。

「つまり、わたしが言いたいのは、あなたのそのお友だち、ビリー・バイロンでしたっけ? 彼《かれ》があの日、ヒトラーを射殺《しゃさつ》していたら、おそらくいま戦争は起きていなかったんじゃないかということです。バーニーの父親も砂漠《さばく》で戦わずにすみ、ダンケルクから必死の撤退《てったい》をする必要もなく、ロンドン大空襲《だいくうしゅう》もなく、コベントリーも空爆《くうばく》を受けることはなかった。大勢《おおぜい》の人が亡《な》くなった。それもこれも、全部彼《かれ》の仕業《しわざ》です。あのいまいましいアドルフ・ヒトラー。あいつがいなければ、まだわが家はありました。うちのおじいさんも、愛馬のビッグ・ブラック・ジャックを失わずにすんだ。たった一発。ビリーの一発の銃弾《じゅうだん》がヒトラーに当たっていたら、いまわたしたちが苦しんでいるすべてのことは起きなかった。そうじゃありませんか?

でもこのお話、失礼なことを言うつもりはないんですけど、ほんとうにあったことなんですか? 正直言って、とても信じられません。それとすみません、マッチをもう一本つけてもらえませんか？　編《あ》み棒《ぼう》をどこかに落としてしまって」

母さんは言って、ぼくのとなりで座席《ざせき》のあちこちを手さぐりしている。

「いったいいつになったら、動くんでしょうね？」母さんが言う。

マッチ箱をあける音がした。おじさんがマッチを擦《す》るものの、火花が散っただけですぐ消えた。

「だめだな。しけってるみたいだ。このマッチにかぎって、ふだんはこんなことはないんだが。まあ心配はいらない」

けれどぼくは心配だった。

「さあ、ついてくれよ」と言って、おじさんがもう一度、さらにもう一度、マッチを擦《す》ったら、ほっとしたことに炎《ほのお》が燃《も》えあがって明るくなった。母さんはすぐ編《あ》み棒《ぼう》を見つけた――ぼくと母さんのすわっている座席《ざせき》のあいだにすべりこんでいた。

マッチの火がもたらす明るさがたまらなくうれしく、それだけに、また消えてしまうことを思うとぞっとした。残りのマッチはあと一本。それを考えないようにするには、お話を続けてもらうしかなかった。早くもマッチは燃《も》えつきようとしている。

sakamotonao.

「それって、ほんとうにあった話なんですか？」ぼくは聞いた。「そのあとは？　それから何があったんですか？」

「全部ほんとうのことだよ、ぼっちゃん。そうでなかったらどんなにいいか」

おじさんはしんみりと言った。

「まるでビリーの人生にかけられた呪《のろ》いのようだった。来る日も来る日もその事実が心に重くのしかかり、一瞬《いっしゅん》たりとも気持ちが晴れることはなかった。このことはクリスティーンをのぞいてだれにも話さなかった。友人も職《しょく》場《ば》の人間も、ビリーががらりと変わってしまったことに気づいた。何か心に深い悲しみをかかえていて、それに始終悩《なや》まされているのだとわかった。彼《かれ》が戦場で何をして、何を目にしてきたか、もちろんみんな知っている。彼《かれ》らの大半が戦争で戦い、ビリーと同じ場に居合《いあ》わせて、同じものを見てきた。だれにとってもそれは忘《わす》れてしまいたいことだった」

そこでおじさんはマッチを振《ふ》って消した。また闇《やみ》がもどってきたが、今度の闇《やみ》はそれまで以上に黒々としていた。それでももう怖《こわ》がるのはやめようとぼくは心に決め、おじさんの話に一心に耳をかたむけて、その世界に入りこんだ。

工場でいっしょに働くビリーの友だちにも、彼《かれ》の気持ちがよくわかった。いや、実際《じっさい》のところはわかっちゃいなかっただろうが、戦争が胸《むね》に影《かげ》を落としていることはわかっていて、クリスティーンと同じように、なんとかして元気づけてやりたいと思っていた。けれどほとんどの時間、みんなはビリーを放っておいた。それが一番だとわかっていた。

毎朝ビリーは自動車工場に出勤《しゅっきん》し、仕事が終わると家に帰ってクリスティーンといっしょに夜を過《す》ごす。けれどもそういう毎日を送りながら、つねに頭のなかでは、自分のやったこと、正しくは、やりのがしてしまったことを始終考えていて、一瞬《いっしゅん》たりともそれを忘《わす》れることがなかった。

もうそのことについては家でも口にせず、自分の心の内にしまいこんで鍵《かぎ》をかけたのだが、数週間、数か月と時が過《す》ぎるにつれて、ヨーロッパの戦況《せんきょう》に関するニュースはどんどん悲惨《ひさん》になってきた。つぎにヒトラーはどう出るか？　今度はどこへ侵攻《しんこう》するのか？　イギリスに攻《せ》めてくるのはいつか？　そのころにはもうみんながみんな、顔を合わせればそういう話をしていた。

ビリーの変わりようはだれの目にも明らかだった。自分だけの世界に閉《と》じこもって、職場《しょくば》の仲間や友人から距離《きょり》を置く。いまではクリスティーンに対してさえ、よそよそしい態度《たいど》を見せるようになり、〝ふさぎの虫〟が居《い》すわっているなどという冗談《じょうだん》も出てこなくなった。映画館《えいがかん》通いはもちろん、外出自体めっきりしなくなった。ビリーは絵を描《か》くのもやめてしまい、スケッチブックを持って外に出ることもなくなった。これは最悪の兆候だとクリスティーンにはわかった。あれほど絵を描《か》くのが好きだった人が、まったく見むきもしない。いまではビリー自身が〝ふさぎの虫〟そのものであって、もう二度と憂鬱《ゆううつ》な毎日から抜《ぬ》けだすことができないようだった。

それでもクリスティーンはあきらめなかった。いつかきっと悲しみを過去《かこ》に追いやって、もとのビリーにもどると信じていた。クリスティーンの愛したビリーはまだ彼《かれ》のなかで生きている。幼《おさな》い少女だった自分を助けてくれた彼《かれ》は、いつでも正しいと思うことだけをやって生きてきた人だとクリスティーンは知っていた。その、過去《かこ》に正しいと思ってやったことに、いま彼《かれ》は苦しめられている。

そして一九三八年の九月――いまから数年前の話だが、ほんの昨日のことのように思えるよ――当時の英国の首相《しゅしょう》チェンバレンがヒトラーに会いに、ベルクホーフと呼《よ》ばれている、彼《かれ》の山荘《さんそう》を訪《たず》ねた。バイエリシェ・アルペン――つまりドイツ南部とオーストリア西部にまたがるアルプス山脈の一部――にあるベルヒテスガーデンという場所にそれはあった。そこでヒトラーを相手に、最善《さいぜん》の形で交渉《こうしょう》を結ぼうと思ったんだ。これはだれの記憶《きおく》にも新しいはずだ。

しかし、そのときみんなは気づいていなきゃいけなかった。悪魔《あくま》相手に交渉《こうしょう》などできないってね。そんなわけで、それから数日後、チェンバレン首相《しゅしょう》は満面の笑《え》みで帰国し、紙切れをかざして世間に見せつけた。万事つつがなし、ミスター・ヒトラーとすべて話をつけ、〝戦争のない生涯《しょうがい》の平和〟が約束されたと言ってね。まったくたいした平和だよ。もちろん、そう言われたときにはだれもが首相《しゅしょう》の言葉を信じたかった。しかし多くは信じられず、とりわけビリー・バイロンは絶対《ぜったい》信じなかった。

「そうそう、わたしだってチェンバレン首相《しゅしょう》の言うことなんか、信じませんでしたよ」

母さんが声を張《は》りあげた。

「わたしだけじゃありません。バーニーの父親も祖父《そふ》も。わたしに言わせれば、ヒトラーが平和交渉《こうしょう》に応《おう》じると考えるなんて、首相《しゅしょう》は甘《あま》すぎます。ただこれについては、この子のおじいさんに言われましてね。チェンバレンを責《せ》めるわけにはいかない。ずるがしこいキツネに鶏小屋《とりごや》をつけ狙《ねら》われた、あわれな老メンドリを責《せ》められないのと同じだってね。メンドリたちを守るにはキツネをよせつけないようにするか、もっと確実《かくじつ》さを狙《ねら》うなら、キツネを追跡《ついせき》して殺すしかない。それを自分たちがしなくちゃいけないって、おじいさんは言いました。バーニーの父親も、まさにそれをしようとしている。彼《かれ》を追《つい》跡《せき》しているんです。いまにきっとキツネのようなミスター・ヒトラーをやっつけることができる、そうよね、バーニー？」

「なるほど、面白いもんですな」おじさんが続ける。「なぜって、それはまさにその当時ビリーがずっと考えていたことですから」

考えれば考えるほど――そのころにはもう、ほかのことはほとんど考えられなかった――昔自分が犯《おか》したまちがいを正さなければいけないと思えてくる。問題はもちろん、どうやって正すかがわからない、そもそも自分にそんなことができるのかわからないという、そこにあった。それにビリーの頭のすみにはつねに、かすかな希望がまだ消えずに残っていた。自分が命を救ったあのドイツ兵は、ヒトラーに似《に》ていただけで、じつはまったくの別人かもしれないと。

そんなとき、思いがけない電話がかかってきた。ビリーの働くスタンダード自動車工場の事務所《じむしょ》にかかってきた電話で、工場主が呼《よ》びにきた。ちょうど休憩《きゅうけい》時間で、ビリーはひとりすわって考えごとをしていた。そこへ工場主がやってきた。すっかり取《と》り乱《みだ》した様子で、「電話だ、すぐ来てくれ、まさに緊急事態《きんきゅうじたい》だ」と言う。それでビリーは急いで事務所《じむしょ》に駆《か》けつけた。ひょっとしたらクリスティーンが事故《じこ》にでも遭《あ》ったか病気で倒《たお》れて入院でもしたんじゃないかと、心配でたまらない。事務所《じむしょ》に着いて受話器を取りあげたときには、心配のあまり吐《は》き気《け》を催《もよお》していた。

電話から流れてきた声を聞いたとたん、ぴんときた。この声は知っている。でも顔と名前が出てこない。だれの声だか、まったく思いだせなかった。

「ウィリアム・バイロン？　きみが、ミスター・バイロンかね？」

電話のむこうで男の声が言った。

「突然《とつぜん》の電話ですまないが、きみに伝えなきゃいけないことがあってね」

ビリーのほうはまだ、その声に合う人物の顔を思いだそうとしていたが、そこで声のほうが自ら名乗った。

「ミスター・バイロン。わたしはこの国の首相《しゅしょう》チェンバレンだ。ある大事な問題について、きみに話をしておく必要がある」

――2

ほんとうに首相《しゅしょう》が自分に話しかけているのか、ビリーは信じられない気持ちだった。なんと言えばいいのかわからない。果たして満足に声が出てくるかどうか、それさえもわからなかった。

「ミスター・バイロン、もうおわかりだと思うが」首相《しゅしょう》が続ける。「つい最近、わたしはミスター・ヒトラーを訪《たず》ねてドイツに出かけた。彼《かれ》の山荘《さんそう》を訪《たず》ねたんだ。そこで信じがたい話を聞いたんだが、どうやらそれは真実らしく、帰国したらすぐきみに伝えると彼《かれ》に約束した。つまりきみに関する話なんだ。この前の戦争の終わり近くに、彼《かれ》はマルコアンの戦いでひとりの英兵に命を救われたと言っていた。一九一八年九月のことで、生涯忘《しょうがいわす》れられない瞬間《しゅんかん》だったと言う。そしてのちにある新聞の記事で、自分に優《やさ》しい心を示《しめ》してくれた英兵がだれだったのかを知った。ミスター・バイロン、きみだよ。きみがビクトリア十字勲章《くんしょう》を国王から授与《じゅよ》されている写真を見てわかったらしい。その写真をミスター・ヒトラー自らわたしに見せてくれた。まだその記事を持っていたよ。

それからわたしを書斎《しょさい》に連れていって、壁《かべ》にかかった一枚《いちまい》の絵を見せた。ミスター・バイロン、きみが負傷兵《ふしょうへい》を背負《せお》って野戦病院に運んでいるところを描《か》いた絵だった。たしかイタリア人の画家が描《か》いたものだったと思うが──名前は忘《わす》れてしまった。いい絵だったよ。一九一八年と、描《か》かれた年が記してあった。そのあと調べてみたところ、まさにそれがきみだということがわかった。あの絵と同じように、きみはひとりの兵士を背負《せお》って野戦病院に運んでいる。それを思うと、ミスター・ヒトラーの言うことは事実であると信じていいと思ってね。きみはマルコアンの戦いで前線にいた、そうだね？」

「はい、閣下《かっか》」ビリーは答えた。

「その戦いで、ビクトリア十字勲章《くんしょう》を授与《じゅよ》された。正しいかね？」

「はい、閣下《かっか》」

「それじゃあ、きみはその戦闘《せんとう》で、ひとりのドイツ人兵士を殺さずに生かしたというのは、正しいかね？」

「はい、閣下《かっか》」

「なるほど、やはりそうか。ドイツの総統《そうとう》ミスター・ヒトラーはきみに大変感謝《かんしゃ》していてね。わたしから感謝《かんしゃ》の言葉を捧《ささ》げて、ご多幸を祈《いの》るようにと、たのまれた。ミスター・バイロン、これはどうしてもきみに伝えねばなるまい。一九一八年の過日《かじつ》、きみの取った慈悲深《じひぶか》い行動が、二十年のときを経《へ》たいま、平和を守るのに多大な貢献《こうけん》をしてくれた。あの日自分の身に何が起きたのか、いかにしてきみに命を救われたか。それを語るときのミスター・ヒトラーはまったく上機嫌《じょうきげん》でね。うれしいことに、きみや英国陸軍について、彼《かれ》は敬意《けいい》と好意に満ちた口調で熱っぽく話していた。そのおかげで、最終的には、お互《たが》いの距離《きょり》がぐっと縮《ちぢ》まって、最善《さいぜん》の結果に導《みちび》くことができたと、わたしはそう信じている。人間の優《やさ》しさから出たひとつの行動が、平和をもたらす要因《よういん》となった。ありがとう、ミスター・バイロン」

電話はそこで終わり、ビリーは受話器を置いた。

想像《そうぞう》がつくと思うが、工場から家へ帰る道すがら、ビリーの頭はぼうっとして、新たな希望に有頂天《うちょうてん》になって、はずむような足取りで歩いていた。なるほど、自分が命を助けてやったドイツ兵はやっぱりアドルフ・ヒトラーだった。でもたぶん、結局のところ、それは問題にはならなかった。むしろあれは正しい選択《せんたく》だったのかもしれない。それにヒトラーにしても、自分や、ほかのみんなが思っていたような怪物《かいぶつ》ではないのかもしれない。彼《かれ》にも心があったのだ。おそらく、チェンバレン首相《しゅしょう》が約束したとおり、〝戦争のない生涯《しょうがい》の平和〟がもたらされるのかもしれず、そうであれば、ビリー・バイロン二等兵がその実現《じつげん》に手を貸《か》したことになる。

「チェンバレンがほんとうに彼《かれ》に電話を？」母さんが口をはさんできた。「そんなことがあるんでしょうか？　どうしてあなたがご存《ぞん》じなんです？　どうしてそれがほんとうだってわかるんでしょう？」

「なぜなら、ビリー自身の口から聞いた話だからです。先にお話したように、わたしは彼《かれ》を幼《おさな》いころからずっと知っていました。心の内を人に明かさないことはあっても、うそはつかない。でっちあげの話をするなんてまずない。そういう人間じゃないんです」

「これがお話の終わり？」

ぼくは聞いた。正直言って、がっかりしていた。別にお話がほんとうであろうとそうでなかろうと、ぼくにはどっちでもよかった。それよりも、お話の結末はびっくりするようなものであってほしかった。だれからかかってきたんでも、電話で終わるなんて面《おも》白《しろ》くない。首相《しゅしょう》からかかってきたって同じことだった。

それよりもっと重要なのは、残りのマッチが一本しかないことだ。そのときぼくははっとそれを思いだした。汽車は相変わらずトンネルの闇《やみ》のなかにとどまっている。とにかく話を続けてもらわないと困《こま》る。闇《やみ》から気をそらせるなら、なんだってかまわない。

「いや、終わりじゃないんだ」おじさんが言う。

「だが、そこで終わったら最高に素晴《すば》らしいと思わないかい？　みんな幸せに暮《く》らしました、めでたし、めでたし。生涯《しょうがい》平和に暮《く》らし、もう二度と戦争は起きなかった。それこそビリーが望んだ終わり方だし、みんなそれを望んでいた。きみのためにも、そうであればよかったと思う。

　ところがあれやこれやで、そうはいかないってことが、ままある。もしそこで話が終わっていたら、集中空爆《くうばく》はなく、きみの家はまだ建っていて、きみとわたしがいまこうしてここにいることもなく、こんな話をしていなかったはずだ。

　この話の終わりは、きみの望むような終わり方ではないかもしれないよ、ぼっちゃん。でもひとつ約束する――この話は、きみが予想もしない形で終わるってね」

　そこでおじさんはしばらくだまった。それから「いずれにしろ」と言って、また話が始まった。

　それでビリーの気は収《おさ》まった。少なくともしばらくのあいだは。あの電話があってから、ビリーは昔の自分にほぼもどったようで、また絵を描《か》きはじめた――鳥を描《か》くことが多くて、なかでも庭に繰《く》りかえしやってくる、キツツキをよく描《か》いた。黒と白の羽根で、背中《せなか》に閃光《せんこう》が散ったような鮮《あざ》やかな赤い羽根が生えていた。ビリーの変化に、クリスティーンは大喜びだった。以前のビリーがもどってきたと思った。

ふたりはまた映画館《えいがかん》に通いだした。けれどひとつ問題があって、またああいったニュース映像《えいぞう》をふたりは我慢《がまん》して最後まで見なくちゃいけない。毎回何千というドイツ兵が登場して、ヒトラーが壇上《だんじょう》に上がって演説《えんぜつ》するんだが、その話の中身というのが平和とはほど遠い。

それでもビリーは物事をいい方向に考えようと必死だった。おそらくみんなそうだったろう。けれどもそんなとき――あれはいつだったか？――昨年、一九三九年の三月にヒトラーがチェコスロヴァキアに兵を送りこみ、全土を占領《せんりょう》した。そうとなれば、ビリーはもちろん、だれもがはっきりわかった。ひざ上まである革長靴《かわながぐつ》をはいた軍団《ぐんだん》は、チェコスロヴァキアだけで満足するはずがない。ここに至《いた》ってようやく、みんなもビリーも目が覚めた――チェンバレンがあの日振《ふ》りかざした紙切れは、なんの価値《かち》もなかった。みんなすっかりだまされた。そうであったらいいなと、われわれは自分たちが信じたいことを信じた。ヒトラーがわれわれに信じこませたいことを素直《すなお》に信じてしまったんだ。けれどもチェコスロヴァキアにドイツ軍が侵攻《しんこう》したあと、われわれはみな真実を知った。この先に何が待っているか、もう疑《うたが》いはなにひとつない。もはや戦争は確実《かくじつ》に起きるのであって、いま問題にするべきは、それがいつ起きるかということだった。

それからもときどき、ビリーとクリスティーンは映画館《えいがかん》のスクリーンでヒトラーの姿《すがた》を目にした。世界にむかってこぶしを振《ふ》りかざすヒトラー。ふんぞりかえり、いばり散らし、弱い者いじめをし、だれかれかまわず威圧《いあつ》するヒトラー。誇《ほこ》らしげに胸《むね》をそらし、ひざを曲げずに脚《あし》を高く上げて行進する兵士の列は際限《さいげん》なく続き、その横を戦車が進み、空を戦闘機《せんとうき》が埋《う》めつくす。そしてそこにはつねにヒトラーが立っていて、自らの力に酔《よ》いしれ、さらなる権力《けんりょく》を求めて、飢《う》えた顔をさらしている。いまではだれもが知っている真実を、そのときのビリーもたしかにつかんでいた。あそこに映《うつ》っているのは暴君《ぼうくん》であり、邪悪《じゃあく》な人間であり、考えていることはただひとつ——戦争だ。武力《ぶりょく》で破壊《はかい》し、征《せい》服《ふく》するのだ。

ビリーに考えられるのもただひとつ。この男をなんとかしてとめなければならない

――二十年前に自分はまちがったことをしたのだから、いまこそ正しいことをしなければならない。自分の犯《おか》したまちがいを正すのだ。なんとしてでもそれを成《な》し遂《と》げようと、ビリーはきっぱり心を決めた。とめなければ、クリスティーンのような子どもが、何千人、いや何百万人と生まれることだろう。それでは先の戦争の二《に》の舞《まい》だ。始まる前にとめなければならない。悲劇《ひげき》を繰《く》りかえさないためにはそうするしかない。ビリーにはほかに選択肢《せんたくし》がなかった。

ビリーはひとりで出かけた。クリスティーンには何も言わなかった。ある朝早く、まるで仕事に出かけるように、ふつうに家を出た。ただし弁当《べんとう》は持っていかない。その代わりに、別のものを用意した。パスポートと身分証明書《しょうめいしょ》。まとまったお金をいくらか。スーツケースの底を外からはわからない二重底《にじゅうぞこ》にして、そこにビスケット缶《かん》に入れてベッドの下にしまっておいた、あの拳銃《けんじゅう》を忍《しの》ばせておく。上着のポケットには、ブリドリングトンで拾った幸運の黒玉を入れておいた。筆箱に入れた鉛筆《えんぴつ》とスケッチブックもスーツケースのなかに入れ、携帯《けいたい》用の折りたたみいすをスーツケースの外にくくりつけた。計画に必要なものをもれなく持っていく。

計画は念入りに考え、細部の細部までつめてあった。とはいえ、それがほんとうに実《じつ》現《げん》するには、山ほどの幸運が必要であることもわかっていた。ビリーは暖炉《だんろ》の上にクリスティーンあてのメモを残しておいた――早急《さっきゅう》に片《かた》づけなければならない用事ができた。二週間ほどでもどってくる。メモには、クリスティーンから伝えてほしいと、職場《しょくば》の経《けい》営者《えいしゃ》ミスター・ベネットへの伝言も書いておいた――脚《あし》の古傷《ふるきず》がまた痛《いた》みだし、やっかいなことになったのでしばらく休みをいただきたい、ご迷惑《めいわく》をかけて申《もう》し訳《わけ》ない。クリスティーンには心配するなと書いておいた。ちゃんと帰ってくるし、きみを愛している。これまでも、これからもずっと。

―― 3

その朝ビリーは明確《めいかく》な目的を胸《むね》にコベントリーで汽車に乗った。図書館に通い、新聞を読みあさって、必要な情報《じょうほう》はすべて手に入れてあった。どこへ行けばいいか、答えは簡単《かんたん》だ。アルプスにあるヒトラーの山荘《さんそう》。アルプス山脈のベルヒテスガーデン近くにあるベルクホーフに行けばいい。ミスター・チェンバレンが以前にそこを訪問《ほうもん》しており、事をなすには最適《さいてき》な場所だった——ビリーはその場所を写した写真も見ている。森を背《はい》景《けい》にヒトラーが犬を連れて雪のなかを散歩している写真もあって、ヒトラーは足しげくそこに通っていると書かれていた。

しかしどうやって事をなすのか、場所も時間もはっきりとは決めていない——それ以前の準備段階《じゅんびだんかい》がうまく行くかどうか、幸運が味方についてくれるか、自分の忍耐《にんたい》がどこまで続くか。実際《じっさい》に始めて見ないことにはわからない。わかっているのは、成《な》し遂《と》げなければならないということ。どんな結果になろうと、とにかくやってみるしかない。

そんなわけで、ビリーは汽車でロンドンまで行き、そこから船に乗って、カレーを目指すべく海峡《かいきょう》をわたる。これこそが自分にできる唯一《ゆいいつ》のことだと、一瞬《いっしゅん》たりとも疑《うたが》わず、船尾《せんび》に立ってドーヴァーの白い崖《がけ》をながめながら、ふたたびあれを目にすることがあるだろうかと思っている。まず無理だろう。自分がこれからしようとしていることは、塹《ざん》壕《ごう》の胸壁《きょうへき》を越《こ》えて突撃《とつげき》するのと同じだ。歯を食いしばって、なすべきことをなすだけで、生き残れる確率《かくりつ》は少ないこともわかっていた。なるようにしかならない。まもなく船酔《ふなよ》いが始まり、それもある意味、目前の死から気をそらす助けになった。もうずいぶん久《ひさ》しぶりなので、船酔《ふなよ》いがどんなものだか、すっかり忘《わす》れていた。船のゆれに合わせて胃がかきまわされる。家にいればよかったとつくづく思う。フランスの海岸が見えてくると、気分も高揚《こうよう》したが、港に入るまで波は絶《た》えずうねっていた。

フランスの税関《ぜいかん》では、職員《しょくいん》はこちらにほとんど顔もむけず、パスポートを見るのも形ばかりだった。すぐにパリに着き、そこから汽車に乗ってミュンヘンへむかった。真夜中にドイツの国境《こっきょう》に到着《とうちゃく》したが、ここではまるで事情《じじょう》がちがった。客車にいるすべての人間を国境警察官《こっきょうけいさつかん》が質問《しつもん》攻《ぜ》めにし、パスポートと身分証明書《しょうめいしょ》を徹底的《てっていてき》に調べる。質問《しつもん》はどれも口調こそていねいだったが、へたに答えれば大変なことになるとビリーにはわかっていた。

「それで、なぜドイツにいらしたのですか？　いったい何のために？」

「絵を描《か》く仕事をしておりまして」ビリーは言った。「アルプス山中を散策《さんさく》しつつ、山や自然や鳥を描《か》こうと考えています」

警察官《けいさつかん》は絵を見せてほしいと言う。

ビリーはスケッチブックをひらいて見せた。

相手は満足し、感心さえした。

「素晴《すば》らしいですね。いやはやたいしたものだ。きっとドイツの山も気に入られることでしょう。非常《ひじょう》に美しく、世界一と言ってもいいぐらいです。さて、じゃあつぎはスーツケースを見せてもらえますか？　中身を確認《かくにん》させてもらいます」

自分でスーツケースをひらきながら、ビリーは心臓《しんぞう》の鼓動《こどう》を耳で感じている。

警察官《けいさつかん》は筆箱を最初に取りあげ、ふたをあけた。それからパジャマ、靴下《くつした》、そのほかの衣類をひとつひとつ取りだして、どれもこれも念入りに調べていく。すべて取りだしたあとは、からっぽになったスーツケースの底を手でなでまわす。底は二重《にじゅう》になっていて、拳銃《けんじゅう》がテープでとめてある。まさにその上を警察官《けいさつかん》の指がまさぐっている。

時間が急に間延《まの》びしたように感じられた。まばたきをする一瞬《いっしゅん》が一分にも思える。ついに警察官《けいさつかん》は満足したようだった。

「ずいぶん身軽な旅ですな」警察官《けいさつかん》が言う。「ようこそドイツへ。ハイル・ヒトラー

（ヒトラー万歳《ばんざい》！）」

やっとのことで、ビリーはまた呼吸《こきゅう》をすることができた。

ミュンヘンの駅には、兵士と警官《けいかん》がひしめいていた。だれも彼《かれ》もが軍服や制服《せいふく》に身を包《つつ》んでいるようで、そのなかには子どもの姿《すがた》もあった。どこに目をむけても鉤《かぎ》十字があり、腕章《わんしょう》にも、建物からつるされた旗にも、それがついている。どこかで軍の楽団《がくだん》が演《えん》奏《そう》をしているらしく、腹《はら》にずんずん響《ひび》く太鼓《たいこ》の音やシンバルの炸裂《さくれつ》する音があたりに響《ひび》いている。まるで戦場で兵士に進退《しんたい》の合図を送る陣太鼓《じんだいこ》のようだとビリーは思う。

まわりを見れば見るほど、この国が戦争にむかって一直線に進んでいるのがわかる。その光景にビリーの決意はいよいよ堅《かた》くなる。やはりなんとしてでも、この計画を成《な》し遂《と》げなければならない。必要以上に長くミュンヘンにとどまるつもりはなかった。どこにいても、だれかに見張《みは》られているような気がする。

ミュンヘンからバスに乗って山のほうへ入っていく。泊《と》まる場所は地図で見つけた静かな村落で、ヒトラーの山荘《さんそう》ベルクホーフからほんの数キロのところにある――それだけの距離《きょり》を置けば、不審《ふしん》に思われることもない、そうであってほしいと願っていた。大切なのは人目を引かないことだったが、簡単《かんたん》にはいかない。なにしろビリーはどこから見ても外国人だ。イギリスからやってきた観光客ともなれば、いやでも人目につく。

それで手始めに、自分が演《えん》ずる役になりきろうとビリーは思った。まだベルクホーフには近づかないようにして、村落のあちこちを毎日歩きまわり、いすを出《だ》して腰《こし》をおろし、スケッチをすることにした。そうやって人々の目に自分をだんだんに慣《な》らしていき、ああまたあの男が熱心に絵を描《か》いているなと、そう思ってもらえるようにする。

日が落ちると、村のカフェに入って、やはりスケッチブックを広げて絵を描《か》き続けた。合間にパイプを吹《ふ》かし、ビールも口にする。まもなくスケッチブックは、山や村人や、雪に覆《おお》われた家々や教会、たまたま目にしたシカやウサギやワシの絵でいっぱいになった。地元の人々は気さくで、ときにはグラス一杯《いっぱい》のビールをおごってくれる人もいた。みなビリーの描《か》いている絵にひきつけられるようで、一度村の警察官《けいさつかん》もスケッチブックをのぞいてきた。たまたま自分の知っている家が絵に描《か》かれているのを見ると、明らかにうれしそうな顔になる。自分の家や、自分の姿《すがた》、家族のひとりなどが絵になっているのを見つけると、だれもが大喜びだった。そのほとんどの人がビリーの絵のうまさにあからさまに感嘆《かんたん》し、かたことの英語で彼《かれ》に話しかけてきたりする。

そしてカフェの壁《かべ》からはつねにアドルフ・ヒトラーの写真がビリーを見おろしていた。顔を上げるたびに——できるだけそうしないように気をつけてはいても——写真のなかの彼《かれ》と目が合い、あの日のことがよみがえるのだった。

それからは毎日雪のなかを歩いて少しずつ遠くまで足を伸《の》ばし、ベルクホーフにじょじょに近づいていくようになった。それでもだれかに見られていると気づくと、その場ですぐいすを用意してすわり、雪のなかで絵を描《か》きだす。鋭《するど》い鳴き声をあたりにくっきり響《ひび》かせて、頭上の空をワシが旋回《せんかい》していることもよくあったから、描《か》く題材には事欠かず、日が落ちてカフェにもどってくると、何かしら村の人たちに見せる絵ができあがっていた。

しかし最近では景色を見て絵を描《か》くだけでなく、目的を果たすのに最適《さいてき》な場所をさがすようにもなった。ベルクホーフと谷をはさんで一キロ半ほど離《はな》れた丘《おか》で、木立のはずれにある斜面《しゃめん》の高いところにすわって、寒さのなか何時間も目を走らせた。そこから見た山荘《さんそう》は、写真で見て想像《そうぞう》していたよりも大きく立派《りっぱ》で、威圧《いあつ》感があった。それに見張《みは》りの数が思っていた以上に多い。そのほとんどが黒い軍服に身を包《つつ》んでいた。ビリーは山荘《さんそう》から伸《の》びる道路に目を凝《こ》らし、そこを出入りする車やトラックや兵士をくまなく見《み》張《は》った。しかしヒトラーが出てくる気配はまるでない。もし山荘《さんそう》のなかにいたとしても、散歩に出るつもりはないようだった。

ワシを観察して絵を描《か》きながら、そのあいだずっとビリーは、自分の胸《むね》に問いかけていた。そのときが来たら、どうやって実行するのか。いつまで待てばいいのか。そもそもヒトラーは出てくるのか、こないのか。毎晩《まいばん》カフェにすわって絵を描《か》きながら、ビリーはつねに人々の話に聞き耳を立てていた。

フューラー（ドイツ語で「総統」の意味）という言葉が会話から聞き取れないか、耳をすませる。ドイツ語も少しはわかる――この前の戦争で捕虜《ほりょ》が話す言葉から覚えた。話のすべてを理《り》解《かい》できるわけでないが、何について話しているのかは、なんとなくわかり、ありがとうとか、お願いしますとか、どういたしまして、といった意味に相当する、ダンケ、ビッテ、ビッテ・シェーンといったドイツ語ぐらいは知っていた。その日はアドルフ・ヒトラーの名前がさかんに口にされていた。話題の中心になっているようだった。

それから一週間ほどたったある晩《ばん》には、まるで村のカフェにいる全員がヒトラー総統《そうとう》について話しているようだった。みな壁《かべ》にかかっている写真を指さして、ビリーに何か教えようとする。その声にはこれまでにない強い興奮《こうふん》がにじんでいた。何か新しい展開《てんかい》がある。そこにヒトラーがからんでいる。まちがいない。ずっと待っていた男が到着《とうちゃく》した。いよいよだ。

4

写生に行くときに決まって持っていくスケッチブックといすにくわえて、その翌日《よくじつ》、ビリーは初めて、上着のふところに拳銃《けんじゅう》も入れて出発した。何時間ものあいだ、木立のなかにかくれて、どうか出てきてくれと心のなかで念じながら、ヒトラーが散歩に出てくるのを待った。

ヒトラーは出てこなかった。出てくるものと言えば、谷からもくもくとわきあがる雲ばかりで、巨大《きょだい》な雲のなかにまもなく木々や家や山がすっぽりかくれてしまった。

来る日も来る日もビリーは待った。ヒトラーは出てこない。けれども雲がどんなに厚《あつ》かろうと、雪がどれだけ激《はげ》しく降《ふ》ろうと、寒さがどれだけ厳《きび》しかろうと、何がなんでもやり抜《ぬ》こうというビリーの決心は日増《ひま》しに堅《かた》くなっていくばかりだった。ここまで来てあきらめるつもりはない。今度ばかりは、自分がしようとしているのは正しいことだと、堅《かた》く信じて疑《うたが》わなかった。疑《うたが》いがあるとしたら、それはヒトラーが結局出てこないのではないか、目的を達成するチャンスが訪《おとず》れないのではないかという、それだけだった。そのうち、ワシを描《か》くことに神経《しんけい》を集中することで、寒さを忘《わす》れて楽に時をやり過《す》ごせ、出てこない相手を待つ焦《あせ》りも収《おさ》まることがわかった。

そしてある午後、とうとうヒトラーが出てきたのだが、そのときビリーは心の用意ができていなかった。

ビリーはワシを描《か》いていた。山の高い峰《みね》の上を旋回《せんかい》していたそれが、ふいに前傾姿勢《ぜんけいしせい》になったかと思うと、いきなり急降下《きゅうこうか》を始めた。かぎ爪《づめ》をかっとひらいて獲物《えもの》に襲《おそ》いかかる体勢《たいせい》をととのえ、みるみる地上に近づいてくる。ワシが飛びかかって初めて、そこ

Sakamoto nao.

にノウサギがいたのにビリーは気づいた。ひらけた雪原の、ビリーがすわっているところからほんの数メートルしか離《はな》れていない先で、ワシは獲物《えもの》をしとめていた。こんなに間近でワシを見るのは初めてのことだった。最初のおどろきから目が覚めると、ビリーは手早く鉛筆《えんぴつ》を動かしだした。決定的瞬間《しゅんかん》をのがしたくなかった。

とそのとき、どこかから犬のほえ声が聞こえてきた。ワシが飛び上がり、一気に空へ舞《ま》いあがった。かぎ爪《づめ》にはぐったりしたノウサギがかかっていた。一頭の犬がはずむようにに雪原を駆《か》けてくる。ワシを狙《ねら》っているのか、逆毛《さかげ》を立ててビリーのほうへまっしぐらに走ってくる。身体の大きなジャーマン・シェパード・ドッグで、ほえ声もうなり声も迫力《はくりょく》があって、見るからにおそろしい。

顔を上げたそのとき、ビリーの目がヒトラーをとらえた。制帽《せいぼう》をかぶり、黒いロングコートを着ている。ふたりのあいだにはまだ距離《きょり》があった。ヒトラーは道路をぶらぶらと歩いていて、そのまわりを固めるように、六人か、七人の男がつきそっている。全員黒の軍服姿《ぐんぷくすがた》で、そのうちふたりがライフル銃《じゅう》を構《かま》えた。何もかもがめまぐるしい早さで一瞬《いっしゅん》のうちに起こり、これはビリーがまったく予想しない展開《てんかい》だった。それでも彼《かれ》は冷静さをたもった。犬ぐらいで断念《だんねん》はしない。ライフルがなんだ。やってやる。やらなきゃならない。ずっと待ち続けていたチャンスがとうとうやってきたのだ。

木立のあいだから静かに出ていき、雪に覆《おお》われた丘《おか》の斜面《しゃめん》に立った。拳銃《けんじゅう》を持った手を背中《せなか》にまわして、いつでも撃《う》てる用意をしておく。そのままビリーは待った。足元に目を落とすと、雪の上に血が飛びちっていた。ワシが獲物《えもの》をしとめたあとだった。ヒトラーはまだ百メートルほど先にいたが、護衛《ごえい》の兵士数人がビリー目指して道路を走ってきていた。ビリーは待つ。まだ待っている。ぎりぎりまで距離《きょり》を狭《せば》めて、至近距離《しきんきょり》で撃《う》つ。狙《ねら》いをはずしてはならない。

しかしそうしているあいだにも、けたたましいほえ声をあげて歯をむきだす犬がどんどん迫《せま》ってくる。ビリーは待ちすぎた。

気がついたときには犬に飛びかかられ、背中《せなか》から倒《たお》れていた。雪の上に仰《あお》むけに伸《の》びたビリーに犬がかぶさっている。かみつかれると思っていたのにそうではなく、犬はビリーの顔じゅうをなめまわしている。ビリーはまだ背中《せなか》にまわした手に拳銃《けんじゅう》をにぎっていた。その手にぎゅっと力をこめる。まだチャンスはある。犬がどいてくれさえしたら。

しかし早くも兵士たちに取り囲まれていた。もう遅《おそ》い、遅《おそ》すぎる。つぎの瞬間《しゅんかん》、ビリーは拳銃《けんじゅう》を雪のなかに突《つ》き刺《さ》した。力をこめて、できるかぎり深く雪のなかに押《お》しこむ。すると兵士たちが犬をどかし、ビリーの腕《うで》をつかんで乱暴《らんぼう》に立ちあがらせた。

まもなく、アドルフ・ヒトラーがやってきた。ヒトラーはビリーの目の前に立って、刺《さ》すようなまなざしで彼《かれ》の目をのぞきこむ。こっちがだれなのか、ヒトラーは気づいていると、ビリーはすぐわかった。ともにひとことも言葉を発することなく、しばらくその場に立ちつくして、相手の顔から過去《かこ》の記憶《きおく》を呼《よ》び起《お》こしている。雪の下に埋《う》まっている拳銃《けんじゅう》の固さをビリーは足の裏《うら》で感じとっていた。

ふたりの兵士がビリーの腕《うで》をがっちりつかんだ。しかしヒトラーはふたりに手を払《はら》って、やめさせた。それからこくりとうなずくと、まわれ右をして歩きだした。

犬がビリーの足のまわりをくんくんかいでまわる。いまでは犬はほかの何よりも、ノウサギの血に強い興味《きょうみ》を示《しめ》していた。ビリーがそのまま雪に埋《う》まった拳銃《けんじゅう》の上に立ちつくしていると、しまいに犬が呼《よ》びもどされて、その場を離《はな》れた。気がついたときには、ビリーはたったひとり丘《おか》の斜面《しゃめん》に立ちつくし、ヒトラーが歩み去るのをじっと見まもっていた。そうしながら、心の奥底《おくそこ》で痛感《つうかん》していた。自分にはやはり彼《かれ》を撃《う》つことはできない。前と同じように、今度もまた。


おじさんはそこでしばらく口を閉《と》ざし、それからせきばらいをした。

「とまあ、そういう話なんだ。ビリーはそのあと帰国して家に帰ったんだが、自分がどこにいて何をしようとしていたのか、クリスティーンにだけ話して、他人にはいっさい口をつぐんでいた。クリスティーンにはこう言われた——あなたは正しいことをしようとしたけれど、もしそれを実行してしまったら、まちがったことをしたことになると思う。ビリーにも、クリスティーンの言うことが正しいとわかっていた」

「ビリーはほかのだれにも言わなかったのに、どうしておじさんが知っているの？」ぼくは聞いた。

「うん、それはちょっと答えにくい」おじさんは秘密《ひみつ》めかして言う。「奥《おく》さん、この子は鋭《するど》い。ビリーとおんなじだ。だいたいきみは、おじさんたちと同じ、マルベリー・ロードの子どもだもんな。それだから、この話をそっくり語って聞かせたんだ。さっきも言ったように、ほかのだれも知らない。この話はここにいる三人と、ビリーの秘密《ひみつ》だ。でもきみに話したことを知っても、ビリーは気にしない。それどころか、知ってもらいたかったんじゃないかな。こうやって語られることで、人はお話のなかでずっと生きていける。そうじゃないか？」

「すべては、あのいまいましい犬のせいってことね」母さんが言う。「まったく信じられないわ。もしその犬がビリーを押《お》し倒《たお》していなかったら、ヒトラーは死んでいて、この戦争は最初から起きやしなかった。だから犬はきらいなんです。ジャーマン・シェパード・ドッグは特に。あれは犬というよりオオカミに近いわ」

「どうです、少し目をつぶって眠《ねむ》りませんか？」闇《やみ》のなかでおじさんが言った。「マッチの残りはあと一本。無駄《むだ》にするのはもったいないでしょ？　それにぼっちゃん、きみはもうこんなものがなくても大丈夫《だいじょうぶ》だと、おじさんは思うよ。まもなくトンネルから出られるだろうし」

「おじさん、いい話をありがとう」ぼくは言った。答えは返ってこなかった。それからみんな眠《ねむ》ってしまい、どれぐらい時間がたったのかわからない。

汽車がガタンとゆれて目が覚め、それからわずかの間をおいて、汽車がまた動きだした。まもなくぼくらはトンネルの外に出た。汽車がのろのろと進んでいるのは、もしもの場合を考えてのことだったと思う。もしかしたら、また新たな戦闘機《せんとうき》が飛んでいるんじゃないかと、ぼくは心配になって窓《まど》の外をのぞいてみた。戦闘機《せんとうき》は消えていた。いっしょに雲も消えていて、澄《す》み切《き》った青空が広がっている。

そこでふいに母さんが言った。

「あら、あの人は?」

おじさんがいない。むかい側の座席《ざせき》がからっぽになっている。母さんとぼくは顔を見あわせた。

「トイレにでも行ったのかしらね」と母さん。けれどいつまでたってもおじさんはもどってこなかった。それからしばらくして車掌《しゃしょう》さんがドアをあけた。

「ロンドンへの到着《とうちゃく》は少し遅《おく》れるようです。この客車は何も問題はありませんでしたか?」

「いっしょにすわっていた男の人」母さんが言う。「車掌《しゃしょう》さん、見かけませんでしたか?」

「男の人?」車掌《しゃしょう》さんが言う。「わたしが前にここへよったときには、この客車にいたのはおふたりだけでしたよ。男性《だんせい》は乗っていませんでした」

そのときぼくは、おじさんが網棚《あみだな》の上の、母さんのスーツケースのとなりに、ぼうしをのせたことを思いだした。見上げると、それがない。

「乗っていたんですよ」母さんは食い下がる。「たしかに、ここにすわっていた。そうよね、バーニー?」

「うん、ほんとうだよ」ぼくは言った。「まちがいなく、ここにいた」

車掌《しゃしょう》さんは両のまゆをつりあげた。まるで正気を失った人間を見るような顔だった。

「まあ、奥《おく》さんがそうおっしゃるなら、いたんでしょう。じゃあ、わたしは仕事があるんで、これで失礼します」

車掌《しゃしょう》さんが出ていき、ドアが閉《し》まった。

母さんとぼくは顔を見あわせた。

「おじさんが、お話をしてくれたんだよね?」ぼくが切りだした。

「ヒトラーのことや、前の戦争のときに、ほんとうだったらヒトラーを殺すことができた、殺さなきゃいけなかったって悩《なや》んでいた、ビリーっていう人の話。それで拳銃《けんじゅう》を持ってドイツまで行って、ヒトラーを山のなかで撃《う》とうとした。ワシの話とかもいろいろしてくれた。そうだよね？　あれは夢《ゆめ》じゃないよね、母さん？」

母さんが腕《うで》を伸《の》ばして、足元に落ちていた何かを拾いあげた。スワンベスタスのマッチ箱だった。あけてみると、なかに使用ずみのマッチが四本と、まだつかっていないマッチが一本入っていて、中身はそれだけじゃなかった。小さな黒玉と、からの薬莢《やっきょう》がひとつ。母さんがマッチを擦《す》った。

「本物のマッチよ。何もかも本物。夢《ゆめ》じゃないわ、バーニー。夢《ゆめ》なんかじゃなかったのよ」

マッチはもう残っていない……。

第四部終わり

エピローグ

母さんとぼくはロンドンへむかう汽車のなかで、〝それ〟以外のことは何も話さなかった。そこからはるばるコーンウォールへむかうあいだもそうだった。まるでふたり同時に、細かいところまで、そっくり同じ夢《ゆめ》を見ていたような気分だった。けれど母さんもぼくも、あれは夢《ゆめ》なんかじゃないとわかっていた。そんなおかしなことがあるわけがない。スワンベスタスのマッチ箱という、ちゃんとした証拠《しょうこ》もあるのだから。

その日夜遅《よるおそ》く、メヴァギシーに到着《とうちゃく》するなり、ぼくも母さんもすぐ、汽車のなかで会った見知らぬ男の人と、その人の口から聞いた、びっくりする話について、メイヴィス叔母《おば》さんに全部話して聞かせた。どうしてもだれかに話しておかないといけない気がしていたのだ。マッチ箱を叔母《おば》さんに見せて、ブリドリングトンの浜辺《はまべ》で拾ったという黒玉と、からの薬莢《やっきょう》も見せた。メイヴィス叔母《おば》さんは、昔から人の話をあまりちゃんと聞かない人だったけど、今度ばかりは最初から最後まで目を大きく見ひらいて、興味《きょうみ》しんしんで聞いていた。

話が終わっても叔母《おば》さんは何も言わなかった——だまって立ちあがり、台所にある食器戸棚《とだな》のところへむかった。叔母《おば》さんは新聞を一枚《いちまい》持ってきて、それをテーブルの上に広げてしわを伸《の》ばし、ぼくらの目の前に置いた。「今朝の新聞」叔母《おば》さんが言う。「見てちょうだい」

見出《だ》しにはこう書いてあった——「第一次世界大戦の英雄《えいゆう》、コベントリーの大空襲《だいくうしゅう》に死す」

そして汽車のなかでいっしょになった、あのおじさんの顔があった。見出しの下にある写真のなかから、こちらをじっと見ていた。

母さんがささやくような声で新聞を読みあげる。「ウィリアム（短縮形《たんしゅくけい》はビリー）・バイロン・ＶＣ（ビクトリア十字勲章《くんしょう》）、ＭＭ（軍人勲章《くんしょう》）、ＤＣＭ（功労賞）は、第一次世界大戦で最も多くの勲章《くんしょう》を授与《じゅよ》された二等兵だが、先ごろドイツ空軍がコベントリーに仕掛《しか》けた集中空爆《くうばく》によって殺された多数の死者の列に彼《かれ》もまた名を連ねた。同じ空爆《くうばく》で、地元の公立学校で教師《きょうし》をしていた彼《かれ》の妻《つま》クリスティーンも亡《な》くなった。ミスター・

バイロンは民間防衛隊《ぼうえいたい》の一員として連日連夜勤務《きんむ》し、崩壊《ほうかい》した家屋のなかから人々を救《きゅう》出《しゅつ》していたが、帰宅《きたく》してみれば、わが家が破壊《はかい》されていた。瓦礫《がれき》となった自宅《じたく》で妻《つま》をさがしているところへ、石材が落ちてきて命を落とした。ミスター・バイロンはコベントリーのスタンダード自動車工場に勤務《きんむ》。四十五歳《さい》だった」

作者あとがき

ビリーのモデルとなったヘンリー・タンディについて

ヘンリー・タンディは第一次世界大戦で比類《ひるい》なき戦功をあげた兵士として人々の記憶《きおく》に正しく残っている。しかしその武勇伝には、ある逸話《いつわ》によって尾《お》ひれもつけられている。真実であるなら、それこそ〝歴史のもしも〟の最たるもので、時代の重大な節目にいた彼《かれ》の行動ひとつで、歴史の流れが永遠《えいえん》に変わっていた可能性《かのうせい》がある。

ヘンリーは一八九一年に、石工の父と、洗濯《せんたく》を仕事にしている母のあいだに生まれた。ヘンリーの父親ジェイムズが自身の裕福《ゆうふく》な父親と口論《こうろん》になってから、一家の生活は厳《きび》しくなった。ジェイムズは怒《おこ》りっぽい性格《せいかく》で、それには多分に酒の影響《えいきょう》があった。ヘンリーがある期間孤児院《こじいん》で暮《く》らしたことはわかっているが、その理由は定かではない。

大人になったヘンリーは、体重はわずか五十四キロ弱。身長は一六七センチちょっとしかなかった。一九一〇年に陸軍に入隊したのは、おそらくめんどうな家庭事情《じじょう》と、レミントン・ホテルでのボイラー番のつらい仕事から逃《に》げるためと思われるが、ひょっとしたら、冒険心《ぼうけんしん》をくすぐられたせいかもしれない。正確《せいかく》なところがわからないのは、ヘンリーが日記をつけていないからだ。実家に手紙を送っていたとしても、それらは一通も残っていない。われわれが彼《かれ》について知る手立ては、新聞のインタビューやニュースレポート、それに勲章《くんしょう》を授与《じゅよ》された記録しかない。

ナッパー（うたた寝《ね》をする人）とあだなされたヘンリーは、最初グリーン・ハワード歩兵連隊に二等兵として入隊し、一九一四年十月にイープルの戦闘《せんとう》で戦った。連隊が任務《にんむ》を解《と》かれた十月二十日、千人の兵士のうち七百人が死亡《しぼう》あるいは重傷《じゅうしょう》を負っていた。そんななかヘンリーは砲火《ほうか》を浴びる建物のなかから、けが人を数名救出《きゅうしゅつ》しており、それについてはあっさりとつぎのようにコメントを残している――「われわれは運がよかった。ひとりの事故兵《じこへい》も出《だ》さずに、なんとかすべての負傷者《ふしょうしゃ》を連れてもどった」

一九一八年の晩夏《ばんか》、ヘンリーは三度負傷《ふしょう》し、陸軍の速報《そくほう》に名前が出るようになった。そして、たったひとりで困難《こんなん》に挑《いど》む比類《ひるい》なき英雄魂《えいゆうだましい》を発揮《はっき》して、それぞれ異《こと》なる作戦活動においで、六週間の間に勲章《くんしょう》のなかでも最高峰《さいこうほう》といわれているものを三つ授与《じゅよ》された。最初に受章したのは功労賞だ。爆弾《ばくだん》投下予備軍《よびぐん》の責任者《せきにんしゃ》を務《つと》めていたときの戦功が認《みと》められた。このときは、自分の目の前にドイツの銃火《じゅうか》を受けて立ち往生《おうじょう》している兵士らがいるのを見て、彼《かれ》は志願《しがん》した兵士ふたりをひきつれて、身をかくすもののないひらけた地帯をわたって敵《てき》の陣地《じんち》の後方に入りこみ、機関銃座《きかんじゅうざ》に急襲《きゅうしゅう》をかけて、二十人の捕虜《ほりょ》を確保《かくほ》した。そのつぎに受章したのが、「偉大《いだい》なる英雄的行為《えいゆうてきこうい》と、献身的《けんしんてき》な任務遂行《にんむすいこう》」を讃《たた》える軍事勲章《くんしょう》。「極《きわ》めて熾烈《しれつ》な砲火《ほうか》の下へ飛びだしていき、重傷《じゅうしょう》を負った兵士を背《せ》負《お》って」運んだ上、さらに三人の負傷兵《ふしょうへい》を救った。

加えてその翌日《よくじつ》には、ある塹壕《ざんごう》への急襲《きゅうしゅう》作戦において、先陣《せんじん》を切る役に志願《しがん》した。その際《さい》には、ひとりのドイツ兵が「至近距離《しきんきょり》で彼《かれ》を狙《ねら》ったものの、弾《たま》ははずれた。タンディ二等兵は、危険《きけん》をまったく顧《かえり》みず」敵《てき》を駆逐《くちく》した。一九一八年九月二十八日、ヘンリーは「敵《てき》を目の前にして見せた勇猛《ゆうもう》」を讃《たた》えられ、英国陸軍最高の勲章《くんしょう》であるビクトリア十字勲章《くんしょう》を授与《じゅよ》される。第一次世界大戦では九百万に及《およ》ぶ英国と英連邦諸国《しょこく》の人々がいずれかの戦場で戦っているが、そのうちビクトリア十字勲章《くんしょう》を授与《じゅよ》されたのは六百二十八名で、ほとんどが将校《しょうこう》である。

ヘンリーの小隊は、運河《うんが》にかかる木の橋をわたろうとしたときに機関銃攻撃《きかんじゅうこうげき》にさらされた。ヘンリーは砲火《ほうか》のなかを匍匐《ほふく》前進で進んでいって、橋の壊《こわ》れた部分の板を取《と》り替《か》えながら、先頭になって橋のむこうへわたっていき、機関銃《きかんじゅう》を沈黙《ちんもく》させた。そのあと、自隊を上まわる数の敵兵《てきへい》に囲まれながら、八人の兵士を率《ひき》いて銃剣攻撃《じゅうけんこうげき》を仕掛《しか》け、三十七人のドイツ兵を、ほかの英軍のいるほうへ追いこんだ。

新たに入ったデューク・オブ・ウェリントン連隊の大隊では、彼《かれ》は勇猛《ゆうもう》を讃《たた》える勲章《くんしょう》を三つ授与《じゅよ》されている。ある上級将校《しょうこう》はヘンリーに、きみに対しては、その戦功にふさわしい賞を授与《じゅよ》するのは無理だ、めぼしい勲章《くんしょう》はすべて手に入れているのだからと言ってヘンリーをちゃかしたと言う。

戦後、ヘンリーは陸軍にとどまった。その後の軍務《ぐんむ》について注目に値《あたい》する事件《じけん》は、臨《りん》時《じ》の下級伍長《ごちょう》に昇進《しょうしん》したものの、それから一年のうちに本人の希望で、もとの二等兵に立ちもどったということぐらいだ。理由はわかっていない。

一九二六年、彼《かれ》はレミントンにもどって、民間人として平凡《へいぼん》な生活を送った。スタンダード・モーター・カンパニーで職を得て、それから三十八年にわたって、接客係《せっきゃくがかり》として働くことになるのだった。ただし第二次世界大戦のあいだは、徴兵官《ちょうへいかん》としてパートタイムで働きながら、コベントリーで防火監督官《ぼうかかんとくかん》の役割《やくわり》も果たした。結婚《けっこん》はしたが、子どもはなく、一九七七年十二月に永眠《えいみん》した。

果たして、第一次世界大戦時の西部戦線において、ヘンリー・タンディが、負傷《ふしょう》したアドルフ・ヒトラーに拳銃《けんじゅう》をむけたという話は真実なのか？　われわれには確《たし》かなことはわからない。ヘンリーはつぎのように思いだしている――「わたしは銃《じゅう》をむけたが、けがをした兵士を撃《う》つことはできず、それで逃《に》がした」

ヒトラーは、イタリアの戦争画家フォルトゥニーノ・マタニアが描《か》いた絵の複製画《ふくせいが》を持っていたことがわかっている。一九二三年にグリーン・ハワード歩兵連隊が描《か》くように依頼《いらい》したもので、その絵のなかに負傷《ふしょう》した仲間を背負《せお》っているヘンリーの姿《すがた》が見られる。

一九三八年、ヒトラーは英国の首相《しゅしょう》ネヴィル・チェンバレンに、なぜ自分がヘンリーの描《か》かれた絵を所有しているか、理由を明らかにした。

「あの男は、わたしが死の瀬戸際《せとぎわ》に立たされたとき、すぐ近くに居合《いあ》わせた。あのときわたしは、二度と生きてドイツを見られないと思っていた。あの若い兵士らが残酷《ざんこく》なほどの正確《せいかく》さで、われわれを狙《ねら》い澄《す》ますなか、神意がわたしを救った」ヒトラーはヘンリーに感謝《かんしゃ》の言葉を伝えるようチェンバレンにたのんだ。ヘンリーの反応《はんのう》はつぎのとおり――「ふたりの話によれば、わたしはアドルフ・ヒトラーと会っていることになる。たぶんそのとおりなのだろうが、自分は彼《かれ》を覚えていない」

一九四〇年、ドイツが焼夷弾《しょういだん》でコベントリーを攻撃《こうげき》したあと、ヘンリーは瓦礫《がれき》のなかから人々を救出《きゅうしゅつ》すべく働いた。新聞が、彼《かれ》の言葉をつぎのように引いている――「自分は負傷《ふしょう》した兵士を撃《う》つのはいやだった。しかしこの「伍長《ごちょう》」がだれであり、その後の彼《かれ》の変貌《へんぼう》ぶりを、あの瞬間《しゅんかん》に見抜《みぬ》くことができたなら、そのときの五分と引《ひ》き替《か》えに、現《げん》在《ざい》の十年を差しだしてもいい」

なかには疑問《ぎもん》を呈《てい》する者もいる。ヒトラーはほんとうに自分の〝救世主〟を見極《みきわ》めることができたのか。おそらくそのときヘンリーは泥《どろ》まみれだったはずで、ふたりのあいだには距離《きょり》もあった。それから二十年たっても、ヒトラーがヘンリーの顔を覚えていたという事実を信じていいものか？　しかし、ヒトラーがけがをして、ある英兵に命を救われたのは事実であるらしく、ヒトラーの目から見た場合、イギリスで最も多くの勲章《くんしょう》を授与《じゅよ》された二等兵以上に、自分の運命の担《にな》い手《て》にふさわしい人間がほかにいるだろうか？

この話は真実だとして繰《く》りかえし語られながら、それと同じぐらい、虚偽《きょぎ》だとはねつけられてきた。いずれにしてもヘンリー・タンディ二等兵の話が語られる際《さい》には、「ヒトラーを撃《う》たなかった兵士」というレッテルが永遠《えいえん》についてまわることだろう。

献《けん》　辞《じ》

この本をヘンリー・タンディ・VC二等兵に捧《ささ》げる。その理由はこうだ。わたしが書いた物語の多くは文書記録や人々の記憶《きおく》を通じて、実在《じつざい》の人物や事件《じけん》に材を取ったものが多いが、おそらくこの作品は、これまで以上に史実の担《にな》う役割《やくわり》が大きい。じつのところ、マイケル・フォアマンを通じて、ウォルター・タルの人生と死について知ることがなかったなら、英国陸軍初の黒人将校《しょうこう》に興味《きょうみ》を持って、『A Medal for Leroy』を書くことはなかっただろう。第一次世界大戦に騎馬隊《きばたい》の一員として馬といっしょに従軍《じゅうぐん》した、ひとりの老兵に会わなかったら、『戦火の馬』も書かなかった。さらに、同じ戦争の前線で戦っていた少年について、おまえの息子《むすこ》は臆病者《おくびょうもの》ゆえ夜明けに射殺《しゃさつ》されたと、陸軍が母親に送った公式文書をイープルの博物館で目にしなかったら、『兵士ピースフル』の物語も生まれなかった。一九一五年に魚雷《ぎょらい》で撃沈《げきちん》され、千人を超《こ》える貴重《きちょう》な人命を失ったルシタニア号を追悼《ついとう》するメダルがなかったら、『月にハミング』の物語もこの世に生まれはしなかった。

わたしが手がけるのはフィクションだが、その物語は、歴史と歴史をつくった人々、なかでもわたしたちの戦争で戦って命を落とした人々に根ざしている。彼《かれ》らは実在《じつざい》の人物で、われわれと異《こと》なる時代に生き、その多くは圧倒《あっとう》されるほどの危険《きけん》と恐怖《きょうふ》に、想像《そうぞう》を超《こ》える勇気で立ちむかった。物語を語る側であるわたしにとって一番難《むずか》しい仕事は、その勇気を想像《そうぞう》し、できるかぎり本人の身になって、どんな気持ちでその場面を乗り切ったのかを追体験することだ。

それだから、ＢＢＣの歴史プロデューサー、ドミニク・クロスリー・ホランドから、第一次世界大戦に従軍《じゅうぐん》して数多くの勲章《くんしょう》を授与《じゅよ》された、ヘンリー・タンディのたぐいまれな人生と、彼《かれ》の生きた時代について聞いたとき、なぜ彼《かれ》がそのような行動に出たのか、さぐってみたくなった。実際《じっさい》取材をしてみたのだが、それを彼《かれ》の伝記にまとめることはしなかった。伝記ならすでに書かれている。むしろわたしは彼《かれ》の人生を核《かく》に、より大きな物語をつづることで、勇気というものの本質《ほんしつ》をさぐり、正しいと思ってしたことが、じつは人生最悪の過《あやま》ちだとわかったときの人間の苦悩《くのう》をさぐろうとした。

ヘンリー・タンディの人生は、この物語と密接《みっせつ》に結びついているため、本書にも、世間で知られている彼《かれ》の歴史を盛《も》りこむのが妥当《だとう》だと考えた。それについては「作者あとがき」に記した。

マイケル・モーパーゴ
二〇一五年二月十六日

訳者あとがき

なぜ人は物語を読むのでしょう。たったひとつの人生しか生きられない人間にとって、自分が選ばなかった人生を見せてくれる物語は胸が躍《おど》るものです。

この作品にも、ワクワクする物語が大好きなバーニーという男の子が登場します。舞《ぶ》台《たい》は第二次世界大戦下のイギリス。空襲《くうしゅう》で家を焼かれたバーニーは、親戚《しんせき》の家に身を寄せるため、お母さんといっしょに汽車に乗るのですが、まもなく汽車は敵の戦闘機《せんとうき》に狙《ねら》われてトンネルのなかに逃《に》げこむことに。暗闇《くらやみ》が怖《こわ》いバーニーにとって、これは最悪の事態です。同じ客車に乗り合わせた知らないおじさんが、マッチに火をつけて車内を明るくしてくれるのですが、それも一瞬《いっしゅん》で、また闇《やみ》のなかに突《つ》き落とされるのでした。そんなバーニーの気を紛《まぎ》らわせてやろうと、おじさんはお話をきかせてくれます。魔法《まほう》も無人島も出てこないけれど、本当にあった話をしてやろうと語りだし、気がつけばバーニーはその物語に夢中になって、暗闇《くらやみ》の怖《こわ》さも忘れていくのです。

おじさんが語るのはビリーという兵士の物語。ビリーは第一次世界大戦のとき、慈悲《じひ》の心を見せて敵の兵士を逃《に》がしてやるのですが、その敵兵がのちに第二次世界大戦を引き起こすヒトラーだったとわかり、自分を責めて苦しむのです。あのときにヒトラーを撃《う》っていたら、第二次世界大戦は起きなかったと悔《く》いるビリーは、自分の過去の間違《まちが》いを正すために、ある行動に出るのですが……。果たしてビリーがヒトラーを撃《う》たなかったのは本当に間違《まちが》いだったのでしょうか？　あのときヒトラーを殺していたら、本当に第二次世界大戦は起きなかったのでしょうか？　それは誰《だれ》にもわかりませんが、ビリーの無念と苦悩《くのう》は、おじさんの熱い語りを通してバーニーの胸にひしひしと伝わってきます。トンネルの闇《やみ》を照らすと同時に、人間の心の闇《やみ》をあぶり出すマッチの明かり。おじさんの物語をききながら、ビリーの人生を追体験するバーニーには、最後の最後に衝撃《しょうげき》の結末が待っています。

なぜ人は物語を語るのでしょう。話をきいてもらうことで無念が晴れるということ以上に、たった一度のかけがえのない人生を、懸命《けんめい》に生きた日々を、だれかの胸に永遠に息づかせたいという思いがあるのかもしれません。

最後になりましたが、モーパーゴ作品をこよなく愛し、この物語を日本の読者に最高の形で届けるのに尽力《じんりょく》くださった、編集の喜入今日子さんに心より感謝を申し上げます。

二〇一八年　一一月　　杉田七重

マイケル・モーパーゴ

1943年にイギリスのハートフォード州に生まれる。小学校の教師をしながら物語を書きはじめ、ウィットブレッド賞、スマーティーズ賞、チルドレンズ・ブック賞など数々の賞を受けてイギリスの児童文学界を代表する作家となった。主な作品に、『ザンジバルの贈り物』（BL出版）、『モーツァルトはおことわり』（岩崎書店）、『兵士ピースフル』、『戦火の馬』（共に評論社）、『ロバのジョジョとおひめさま』（徳間書店）、『月にハミング』（小学館）、『だれにも話さなかった祖父のこと』（あすなろ書房）などがある。

訳　杉田七重（すぎた　ななえ）

1963年東京都に生まれる。小学校の教師を経たのちに翻訳の世界に入り、英米の児童文学やヤングアダルト小説を中心に幅広い分野の作品を訳す。主な訳書に、マイケル・モーパーゴ『ゾウと旅した戦争の冬』（徳間書店）、『時をつなぐおもちゃの犬』、『発電所のねむるまち』、『カイト　パレスチナの風に希望をのせて』（いずれもあかね書房）、『月にハミング』、ジョー・コットリル『レモンの図書室』（共に小学館）、ルイス・キャロル『不思議の国のアリス』（西村書店）などがある。

トンネルの向こうに

2018年11月25日　初版第1刷発行

作／マイケル・モーパーゴ

訳／杉田七重

発行者／野村敦司

発行所／株式会社小学館
〒101-8001　東京都千代田区一ツ橋2-3-1
電話　編集03-3230-5416　販売03-5281-3555

印刷所／萩原印刷株式会社

製本所／株式会社若林製本工場

　ISBN978-4-09-290614-3

ブックデザイン／タカハシデザイン室

制作／直居裕子　資材／斉藤陽子　販売／窪 康男　宣伝／綾部千恵

編集／喜入今日子

数々の児童文学賞を受賞している児童文学の巨匠

マイケル・モーパーゴの最高傑作！

『月にハミング』

マイケル・モーパーゴ 作
杉田七重 訳

400ページ　定価：本体1,600円＋税
ISBN978-4-09-290608-2　小学館

第一次世界大戦の頃。人魚姫伝説の残るシリー諸島で、言葉を話さない一人の少女が発見された。海からやってきた少女ルーシーは、どこからどうやって来たのか？少女の謎がひとつずつ解き明かされる。圧倒的強さを持つ感動物語。

戦争の悲劇を内包したミステリー仕立ての世界観に、**ぐいぐい引き込まれる**こと間違いありません。
（「図書館教育ニュース」少年写真新聞社）

戦争に振り回されながらも、それぞれが自分らしく振る舞う人びとが描かれている。**いま子どもたちに読んでほしい。**（毎日新聞）

人間の姿に感動せずにはいられません。
温かな涙を流したいときにおすすめ。（読売新聞）